AF143383

Édition : BoD – Books on Demand, info@bod.fr

Impression : BoD – Books on Demand,

In de Tarpen 42, Norderstedt (Allemagne)

Impression à la demande

ISBN : 978-2-3224-0744-6

Dépôt légal : Avril 2022

à ma sœur Claire,

I

Le moins que l'on puisse dire, c'est que l'on n'avait aucune compassion pour lui, et pour cause, puisque c'était un monstre. C'était un sentiment unanime, que l'on partageait avec la certitude de la raison, et il aurait été bien difficile de trouver un seul quidam n'adhérant pas à cette « vérité ». L'être immonde que l'on s'apprêtait à juger n'avait rien d'humain en lui, c'était un fait.

On lui faisait un procès, plus pour avoir des réponses que pour établir un verdict équitable. Et puis, c'était ce que prévoyait la loi dans un monde moderne. Mais c'en était fait de lui, rien ne pouvait le sauver. Avait-il laissé une chance à ses victimes ? Non ! Alors pourquoi lui en donner une ! Rien ne le justifiait, et son sort était scellé bien avant qu'on ne l'eût attrapé. Déjà exécuté dans les esprits, il ne restait plus qu'à le guillotiner.

II

Quelques mois plus tôt, les faits abjects de cette terrible histoire avaient défrayé la chronique, accaparé les unes et monopolisé les rédactions, contribuant à semer la panique dans la population. Dans les journaux, les articles en substance émétique étaient pourtant édulcorés, tant il était impossible d'étaler toutes les horreurs que l'on découvrait sur les lieux des crimes.

Le gouvernement avait fini par interdire la vente des tabloïds aux moins de 16 ans, et les déconseilla vivement à toute personne qualifiée de « sensible ».

C'était une tragédie épouvantable qu'aucun scénariste, même inspiré, n'aurait su imaginer.

Les circonstances des tueries et les scènes découvertes dévoilaient une telle atrocité que les enquêteurs affectés à cette énigme présentaient tous à présent de gros soucis psychiques. Plusieurs étaient toujours en arrêt maladie, en choc psychologique. Un, qui pourtant paraissait bien rétabli, s'était suicidé le jour de son mariage. Celui que l'on croyait le plus solide mentalement, un vieux de la vieille, souffrait quant à lui d'un stress permanent.

Sa hiérarchie avait, un temps, envisagé de le remettre à la circulation. Il ne s'agissait pas du tout de le rétrograder, seulement de trouver un moyen de lui retirer son arme, tant il était dans un état de nervosité qui laissait présager le pire. Car, passe encore qu'il morde les chiens qui aboyaient, mais qu'il mette le feu à une cellule pour faire avouer un délinquant en garde à vue était plus difficile à accepter.

Heureusement, le dévoyé prisonnier des flammes avoua bien plus que l'on ne pouvait l'espérer. On put régler des cold cases vieux de plusieurs années, jusqu'à vingt ans en arrière, et pour lesquels on n'espérait plus rien.

Derrière les barreaux, terrorisé, le malfrat perdit une bonne poignée de poils le temps qu'on lui ouvre la porte, puis la tête quelques mois plus tard, à la suite d'une décision de justice.

C'est peu dire que cette histoire avait marqué les esprits et perturbé durablement nombre de protagonistes ! Un des journalistes, qui avait suivi l'enquête au plus près, fut envoyé faire un reportage dans un monastère... Il s'y mura dans le silence et resta cloîtré en ses murs.

Le légiste fut bien incapable, quant à lui, de rendre un rapport complet, tant il était difficile de savoir combien de corps il avait devant lui. Il eut beau requérir l'aide de confrères, on se retrouvait invariablement soit avec des morceaux en trop, soit avec des membres en moins. Il y avait plus d'humérus que de cubitus, mais moins que de radius.

« C'est à en perdre la tête ! », ricana nerveusement le praticien, devant les morceaux de cadavres regroupés façon cubisme.

Finalement, après une semaine de travail, totalement désemparé, il rendit ses conclusions. Ce n'était pas un compte rendu, plutôt un livre d'horreur, un exposé anatomique avec des trous. On n'était même pas sûr qu'il n'y ait que de l'humain dans tous ces membres ; par contre, on savait qu'il n'y en avait pas en celui qui avait fait cela. Le rapport se terminait par les causes du décès que l'on ne pouvait raisonnablement établir.

On avait l'assassin, on avait les victimes, mais, à ce Cluedo-là, il manquait l'outil de la mort. Alors l'expertise se concluait d'un laconique : mort violente.

On rendit les corps à l'entourage des pauvres victimes en partageant plus ou moins équitablement les morceaux. Une fois les boîtes scellées, on s'aperçut que l'on ne savait plus très bien qui allait avec qui. Alors la première famille eut droit au cercueil numéro un, et ainsi de suite.

III

Tout le monde espérait pouvoir assister à ce procès, bien que l'issue en soit déjà écrite. C'était une cohue pas possible. On était là pour voir de près l'homme laid, et maintenant que l'on ne risquait plus rien, on voulait ressentir le grand frisson.

Mais, à la place de l'homme laid, il y avait la Joconde, avec ce regard qui vous donnait l'impression de vous voir où que vous soyez dans la salle. Imperturbable, les bras croisés derrière une vitre épaisse, on le fixait comme pour s'imprégner de ce chef-d'œuvre du diable.

Il était là, devant eux, le visage tranquille, ne doutant pas lui-même de la sentence qui lui était destinée. Elle était acquise et méritée. Elle était l'aboutissement de sa vie dans une dé-construction continuelle qui devait l'amener, dans un désir inconscient, à un suicide que l'on se chargeait d'exécuter pour lui.

Son existence n'était qu'une longue chute impossible à freiner, une régression perpétuelle, cumulant le pire sur le pire, une spirale que seule la justice terrestre pouvait arrêter dans un soulagement collectif.

Il votait pour sa propre peine de mort, car, le condamner à la réclusion, c'était lui infliger ad vitam aeternam la souffrance de sa consciente folie.

Pourtant, celui que l'on appelait Cannibal Lecter décevait cette assemblée par son manque de charisme bestial. Cet être était comme nous, il ressemblait à tout le monde. Il avait même l'audace d'être beau, indécente tromperie qu'il se permettait là. Alors, les gens présents dans l'assistance détournèrent le regard de l'égorgeur, et l'on se força à se remémorer les faits horribles, pour ne pas tomber dans une empathie qui aurait pu le sauver.

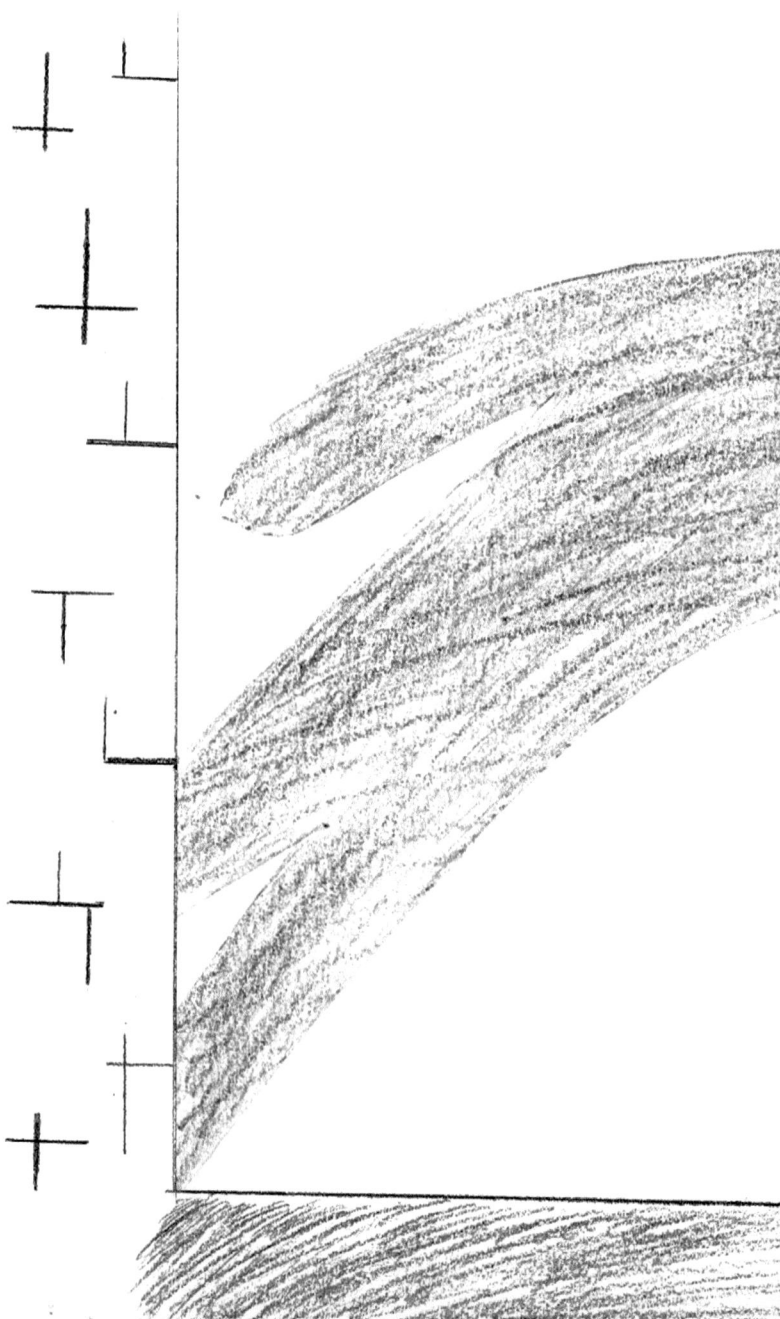

Et pour le frisson que l'on avait tant espéré
– ô déception – il fallut patienter un
peu…, attendre que vienne la pénombre
du soir qui travaille l'imagination. Là,
sur le chemin du retour, au détour d'une
ruelle ou derrière un mur aveugle pouvait
alors surgir le danger qui amène la mort,
et les palpitations qui conscientisent la vie.

Peut-être parce qu'on l'attendait depuis si longtemps, ou bien alors était-ce cette armée d'avocats des plaignants, impressionnants dans une stature raide, ou encore le nombre de victimes, ou finalement tout cela à la fois, qui faisait de cet événement quelque chose de particulièrement exceptionnel.

Pourtant, le début du procès fut on ne peut plus ennuyeux. À la lecture du rapport introductif, le tortionnaire apparut de plus en plus commun : enfance normale, éducation basique, et dose d'amour suffisante pour équilibrer un adolescent.

L'assassineur n'avait pas été un enfant battu, n'avait subi aucune maltraitance qui aurait apporté un début d'explication aux crimes innommables qu'il avait commis. Oh ! On ne l'aurait pas excusé pour autant, mais cela aurait rendu le spectacle plus attrayant.

Le serial killer avait une enfance de premier de la classe qui n'intéressait personne. Et, s'il n'avait pas trucidé de jolies âmes, il serait resté dans un total anonymat, invisible dans un paysage où disparaissent ceux qui n'y trouvent pas leur place.

Quant à ses motivations, elles n'avaient rien à voir avec un quelconque désir de notoriété. D'ailleurs, on n'avait pu réellement les découvrir. La motivation de la foule était, elle, bien plus claire…, elle s'étalait à la une des quotidiens. Les gens étaient là pour faire pression, afin que l'on détache définitivement la tête innocente de ses mains meurtrières.

Un journaliste sensationnel avait décrit le coupable, au visage poupin et quelque peu androgyne, d'une formule qui avait fait son effet : « Quand le diable se paye une poupée Barbie ! »

La juge énuméra un à un les noms des victimes, leur âge et les dates des meurtres, faisant chaque fois sangloter les familles endeuillées. Puis s'ensuivirent les faits, avec toute l'atrocité des actes commis. Les détails, bien qu'ils aient été largement divulgués dans la presse, firent à leur tour un effet considérable sur les gens qui se trouvaient là.

L'atmosphère particulière du tribunal et la présence du protagoniste impavide contribuaient largement au malaise que l'on ressentait dans une indignation générale. On s'évanouissait, certains, pris de vomissements, couraient aux toilettes la main sur la bouche, et on dut interrompre la séance à plusieurs reprises.

L'avocat que le prévenu avait choisi pour sa défense était petit comme son talent et maigre comme sa connaissance de la justice. Moulin à vent, moulin à paroles, il était l'exemple parfait de celui qui a raté sa vocation en épousant le barreau. Il n'avait gagné aucune audience de toute sa vie. Dans les couloirs, il se disait en riant que Jésus, de nos jours, n'aurait eu aucune chance si on lui avait alloué cet oiseau-là.

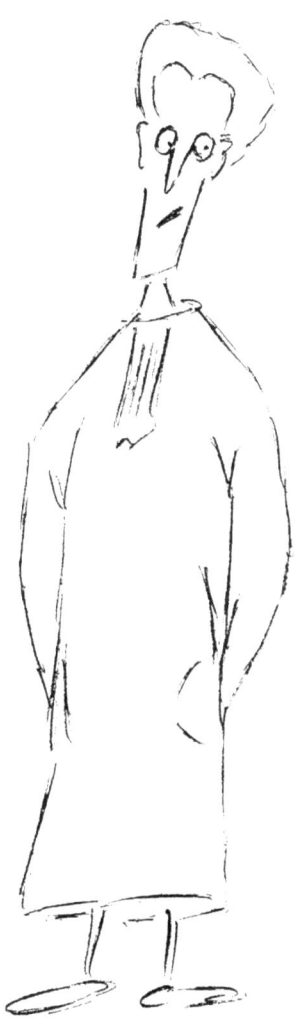

Fait rare, sa famille et ses amis en aucun cas ne le consultaient. S'adresser à lui, c'était abandonner son sort à l'adversaire, c'était rentrer de plain-pied dans la repentance et accepter le pire par avance. Il réussit l'exploit de faire condamner à mort l'un de ses clients, alors que celui-ci n'avait sur son casier judiciaire que des vols à l'étalage à se reprocher. Le justiciable, rendu fou de rage par sa défense abracadabrantesque, avait voulu l'étrangler en plein tribunal.

Ce n'est qu'avec l'aide de quatre policiers costauds qu'on put le faire lâcher et le maintenir immobilisé jusqu'à l'échafaud.

Sa vision des dossiers était cagneuse. Exalté comme ceux qu'il devait tempérer, il était la thèse et l'antithèse de lui-même, mais la synthèse était sans argument.

Toujours en décalé, on ne comprenait pas ce que parfois il parvenait à bafouiller, exaspérant le tribunal tout en amusant la galerie. Seul au milieu de la meute, il était balayé par la furie de l'armada accusatrice, dans la risée populaire. Penché sur son dossier où le fouillis était maître, il opinait, marmonnait sans lever le regard, perdu dans une réflexion sans logique, un désordre cérébral exposé au grand jour.

Il cherchait des réponses aux questionnements que lui adressait la présidente, tournant et retournant les feuillets sans pouvoir s'expliquer clairement. Situation ubuesque qui ravissait les moins-pensants, mais que ne pouvait que déplorer la cour, dernier rempart d'une justice saine.

Juste derrière lui, il y avait le prévenu, qui ne réclamait pas d'aide. Il avait cependant l'air circonspect sur la tournure des débats, qui n'avait plus rien à voir avec son histoire. C'était le procès de l'incompétence contre la force de l'ordre moral régnant en ces lieux.

Deux ! Ils étaient deux contre le reste du monde. Néanmoins, on n'en voyait qu'un sur le devant de la scène, tandis que l'autre disparaissait en arrière-plan, comme un décor auquel on ne prête plus attention, tant la vedette capte tous les regards. Il fallait venir au tribunal, c'était la sortie théâtrale de la semaine, l'attraction à ne pas rater. L'amuseur et l'ennemi public number one dans un show qui aurait pu faire les grandes heures des plateaux comiques, si la veuve guillotine ne s'était pas invitée à ce spectacle désolant.

C'était un rapport de force bien loin de l'impartialité que l'on était en droit d'attendre ; un simulacre de justice. Et, dans cette duperie, il y avait le monde contre un avocaillon et son monstre de foire. C'était une farce, une pantalonnade où les défenseurs des familles, qui se défaussaient de leurs responsabilités sur les jurés, dribblaient avec la tête d'un homme déjà hors jeu.

Bien que le corps deux pièces leur était promis, les représentants des victimes voulaient profiter de cette vitrine médiatique pour se faire valoir. Ce fut tour à tour, pour chacun, un concours d'éloquence dont l'enjeu n'était pas une vie humaine mais leur vie professionnelle. En outre, on ne parlait plus du criminel, qui lui-même se foutait de son sort et, comme absent des échanges, avait déjà la tête ailleurs.

C'était à qui mieux mieux, la course à la formule choc devant une arène acquise à la cause mortuaire. Une absence totale de sobriété pour évoquer la mise à mort que réclamait une société qui, au-delà de la loi du talion, aurait souhaité les pires souffrances à ce bandit pour encore plus de justice.

Après une bonne semaine de discussions à sens unique, on arriva finalement aux plaidoiries. Les parties civiles, convaincues de leur bon droit, s'attachèrent surtout à enlever tout scrupule à des jurés qui avaient tout de même une vie entre les mains.

Bien que le verdict soit joué d'avance, une hypothétique hésitation, une faiblesse incompréhensible, auraient pu mettre un grain de sable dans cette mécanique bien huilée qui fonçait droit vers l'échafaud. Cependant, peu de jurés avaient de doute. Le plus important pour les avocats était d'obtenir du tribunal la détroncation de l'infâme dans un délai record, ajoutant à leur palmarès cette prouesse.

« La justice, c'est appliquer la loi,
dit l'un d'eux. Et la loi prévoit la
mort pour ceux qui l'ont donnée
sans demander l'avis de la justice. »

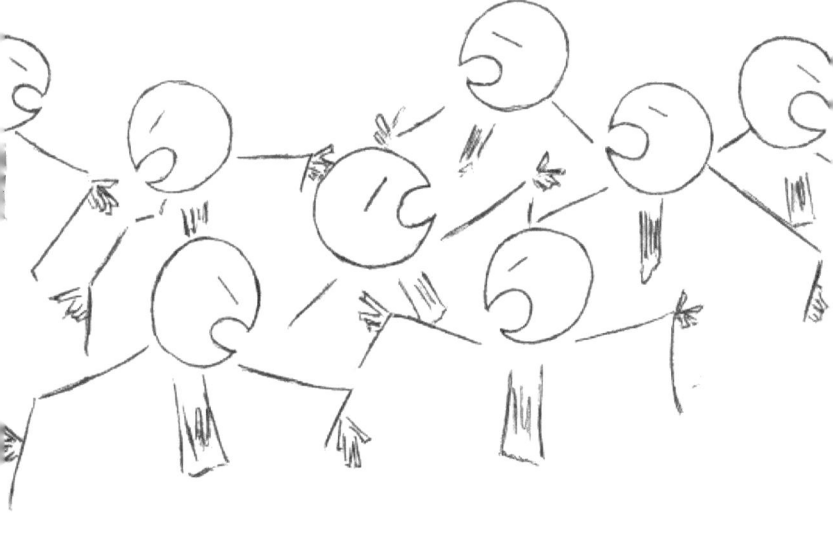

S'il avait pu le faire, le procureur général aurait réclamé, dans son réquisitoire, que ce primate primaire soit non pas décapité mais coupé comme un saucisson en rondelles.

On était déjà bien bon d'avoir inventé la guillotine pour éviter des souffrances à ces « pauvres malheureux ».

De toute façon, on ne pouvait garder sur terre ce genre de bête immonde. Que le diable reprenne sa créature, lui seul pouvait en accepter la vue. Et si des psychiatres voulaient étudier son cas, qu'ils aillent l'autopsier en enfer. Les asiles devaient être réservés aux patients que l'on pouvait soigner.

L'être pernicieux, la toge exaltée par ses mouvements emphasés, avait réservé l'argument massue pour la fin, le meilleur pour conclure, celui qui touche les hommes, auquel nul n'est insensible... Il parla du coût exorbitant que représenterait une longue, très longue incarcération, du fait de la jeunesse et de l'excellente santé dont jouissait le justiciable.

Ce fut le tour de la défense. On se demandait bien quels arguments elle allait pouvoir imaginer pour éviter le découpage de son client.

Curieux plaidoyer, effectivement, de celui qui choisit de s'attaquer à la cause animale, puisque l'on avait réduit l'accusé à cette catégorie d'espèces vivantes. Il se lança dans la métaphore avec la dextérité d'un équilibriste parkinsonien. Ce fut de la haute voltige sans parachute, un grand moment de l'histoire judiciaire, un exemple étudié depuis à l'école de la magistrature…, la fin de sa carrière.

Je vous livre ici quelques passages :

Il se leva solennellement et se mit au milieu de la salle. Il préparait son entrée... sans se méfier de la sortie. Laissant passer d'interminables secondes, il attendait un silence parfait. Puis, il prit soudain son souffle et, dans une agitation soudaine, se mit à hurler :

« Assez de sang ! Assez de sang ! N'égorge-t-on pas assez d'animaux chaque jour ? Mais lui, allez-vous le manger ? Que nenni ! Juste le découper, et pourquoi pas le hacher, avant de le jeter comme de la viande qui aurait dépassé une limite tolérable de votre consommation de faits divers. Mais si on se fout de l'essence même de cet être, au moins que l'on respecte sa chair. Nous viendrait-il à l'idée de décapiter un porc pour le plaisir de voir gicler du sang ? »

Il accusa la société de se nourrir d'hémoglobine jusqu'à en produire elle-même sur l'échafaud qui rendait la justice aux bonnes gens. Puis, l'orateur énervé reprit l'argument de la presse : « Et si vraiment vous voulez séparer la tête, donneuse d'ordres, des mains, outils de la mort, alors, ne serait-il pas judicieux de lui couper plutôt les bras ? » Il interrogeait le peuple présent, saisi dans la consternation. Il espérait pourtant une approbation qui atteindrait le jury.

Droit comme un I, le membre du barreau continua d'avocasser de plus belle.

Il prit une voix de stentor, vague imitation d'un héros de télévision, une voix grave qui donnait toute la puissance à ses arguments, pensait-il. Il se voulait tribun, seul contre tous.

Il montrait du doigt la foule – juge sans argument –, « il tue, on le tue…, et on devrait se taire ? » Se rapprochant de son client, il évoqua sa jeunesse, son désœuvrement. Exagérant un peu les traits d'un adolescent qui se faisait chier comme un rat mort, un peu loup solitaire, un peu canard boiteux. Une mère maman poule trop étouffante. Il passa toute la basse-cour et les animaux de la savane en espérant réveiller l'enfant en chacun des jurés qui bayaient aux corneilles.

« Nous le savons aujourd'hui, peu d'animaux possèdent la conscience. Leurs gestes sont guidés par des considérations supérieures. Va-t-on demain exterminer tous les lions qui tuent des gazelles ? La mante religieuse qui mange le mâle après l'accouplement ? Le renard et le mignon lapin ? Aaaaaaah le mignon lapin ! Il est mignon le lapin qui mange nos carottes ! Qui est le nuisible ? Dites-moi. » Sa voix gronda. « Qui est le nuisible ? »

L'individu malingre s'agitait dans des tourbillons dangereux. Le derviche tourneur amateur était quasi en transe. Dans sa robe noire, on aurait dit qu'il allait se casser.

Et puis, fixant madame la présidente, il reprit : « C'est un animal, c'est vrai ! Il est né hyène dans un corps humain, comme on peut naître chienne... » ; son doigt pointé vers elle resta figé un instant, il chercha vite une autre idée, bafouilla.

Dans la salle d'audience, la sidération figea tout le monde, et certains se demandèrent s'il ne serait pas judicieux de guillotiner cet olibrius en même temps que l'accusé.

L'énergumène braillard quitta des yeux la magistrate qui le regardait, furieuse, et s'approcha des douze décideurs. Il y avait repéré une jeune fille mince. Elle était simple, avec une expression d'innocence dans le regard, comme perdue dans ce lieu qui lui était totalement inconnu, presque terrorisée dans sa tunique bleu ciel en lin qui lui donnait un air baba cool. Il s'était mis dans la caboche qu'elle était végétarienne. Le pénaliste savait qu'il ne pouvait convaincre tous les membres du jury, or un seul pouvait renverser un destin..., il avait vu ça dans un film.

À corps perdu, il focalisa toute sa plaidoirie sur la pauvre fille. Il fondit sur elle, et elle prit peur. Il avait choisi maintenant un ton pleurnichard pour faire chavirer la frêle esquisse sur laquelle, il le croyait, tenaient les convictions de cette âme jeunette. Sûr de son effet, il visa son cœur qu'il voyait pur.

Lui, le fils de fonctionnaires, s'inventa une jeunesse au milieu des carcasses que découpait son père dans la boucherie familiale. Cette visite à l'abattoir que l'on avait organisée et qui l'avait traumatisé. Il parlait, à vous faire chialer, de ces bestiaux dans le couloir de la mort, totalement terrifiés, implorant du regard qu'on les épargnât. Du geste précis du saigneur qui donnait la mort, rapide, pour éviter les souffrances et parce qu'il faut bien manger ! De la sensibilité, tout de même.

Par contre, de la sensibilité, dans le box, on en manquait totalement ; le menotté était né avec une atrophie de l'empathie. Et si le légiste baragouineur réussit à convaincre quelques-uns d'arrêter de manger de la viande, le crime par décapitation du tueur froid ne posait aucun problème à ces tout nouveaux antispécistes.

« Mesdames et messieurs les jurés, vous allez l'épargner et le mettre en cage, une cage pas trop étroite, je le souhaite, avec un confort relatif, une cage, quand même, qui vous protégera. Vous rentrerez, mesdames et messieurs, dans l'Histoire de la cause animale, celle avec un grand H. N'ayez pas peur ! N'ayez pas peur d'être ces précurseurs. Cette noble cause vous attend. Et s'il existe quelque part un paradis des animaux, alors peut-être qu'une place vous y sera spécialement réservée ! »

Sa voix tonitrua, la foule gronda, et l'accusé fut condamné à mort… Son avocat fut épargné.

À l'énoncé du verdict, les juges restèrent impassibles.

Le marmouset en robe noire, éreinté par son travail inutile, paraissait écrasé par une nouvelle défaite. L'espoir qu'il avait construit sur son utopique talent s'était envolé une fois de plus ; tout comme ses arguments, auxquels nul, même pas la jeune fille, n'avait été sensible. Tout aussi désespéré que ridiculisé, il s'enfonçait dans la solitude du vaincu, toujours plus profonde au fil de ses échecs, dans l'abîme de ses connaissances judiciaires.

La justice avait rendu son verdict et, à entendre les cris et les chants sur le parvis juste au-dehors, elle avait fait du bon boulot, répondant aux attentes du peuple souverain. La seule déception que l'on pouvait lire sur les visages était celle d'un plaisir journalier auquel on mettait fin. Le rideau était tombé sur la scène, et il n'y aurait pas de rappel. Ceux qui avaient fait connaissance au cours de cette quinzaine prévoyaient de se revoir ici même, en ces lieux si attractifs.

Quand ? C'était impossible à dire. Il suffirait d'attendre que dans les journaux paraisse une nouvelle affaire sordide et alléchante ; la promesse d'un feuilleton à rebondissements qui mènerait à un procès pour lequel les habitués réservaient déjà leur siège.

Dans un dernier salut et pleins d'espérance pour l'avenir, on se dispersa.

IV

Voilà six mois qu'il était dans le couloir de la mort, et les soudains égards des gardiens sentaient l'échafaud qui se rapprochait. Effectivement, le supplice attendu allait avoir lieu avant la fin de la semaine. Trois jours à vivre, plus une demi-matinée. Une poignée d'heures, et le chronomètre était déjà parti, un compte à rebours impossible à arrêter. Quelle sensation bizarre que de connaître le moment exact de sa propre fin.

Et maintenant ? Comment occuper les secondes qui se mirent à défiler et qu'il dénombra machinalement ? Comment faire évader son esprit, non pas de l'idée de la mort, dont il se foutait complètement, mais plutôt de l'effrayant mode opératoire que l'on avait choisi pour mettre un terme à son existence.

Il put cependant se relaxer. Le corps reposé, presque assoupi, lui vint l'image de ces réclusionnaires à qui l'on proposait, dans les dernières minutes, un verre et une cigarette. Va pour le verre. Par contre, la cigarette ne lui disait plus rien. Décidément, il jouait de malchance ! Quelle idiotie d'avoir arrêté si tôt de fumer. Cela avait été une torture, en plus, et pourquoi, finalement ?

Dans la solitude de sa cellule, l'homme encore entier se mit à rêver d'un bon petit repas, bien loin de la tambouille habituelle. « Et pourquoi pas ? » Que risquait-il à réclamer cette dernière volonté ?

Par le biais de son conseil, il fit sa requête.

La lettre qui atterrit sur le bureau du garde des sceaux laissa tout le monde pantois. Comment osait-il prétendre à une chose pareille : « Qu'on le fasse jeûner, l'animal, comme on le fait pour les cochons et la volaille avant de les égorger ! » Dans une hilarité consternée, le ministre de la Justice se bidonna sur son siège, et, autour de lui, bien qu'eux aussi très amusés, ce fut à celui qui par flagornerie ria le mieux.

Encore en train de pouffer, le serviteur de l'État prit son téléphone pour aviser personnellement le tout-puissant. Il n'aurait laissé passer pour rien au monde cette aubaine de se marrer avec son mentor et décideur de carrière. Entre deux hoquets, il réussit à l'informer du souhait absurde de la raclure qui n'avait rien à exiger.

Le nouvel élu, qui avait inscrit dans son programme, puis dans la loi, la restauration de la peine de mort, s'esclaffa fort dans son fauteuil.

Et, comme des gamins facétieux, ils partirent dans un délire de vœux pré-exécution. Ils imaginèrent des scènes où le bagnard se promenait sur les berges, guilleret, avec une discrète protection pour ne point lui gâcher ce moment unique. Ils le voyaient faisant un tour de la capitale en hélicoptère, en reportage photo pour sortir un album posthume intitulé : La Ville vue du ciel. Ils se gondolaient dans la surenchère imaginative. « Il ne veut pas qu'on lui amène des p.... aussi ? »

Tout près du régnant, assise confortablement dans un fauteuil, une forme féminine écoutait. Ne sachant pas trop de quoi il retournait, elle était intriguée par le ton grivois qu'employait cet homme au langage habituellement châtié. C'était une femme discrète qui avait toutefois sur son mari une forte influence.

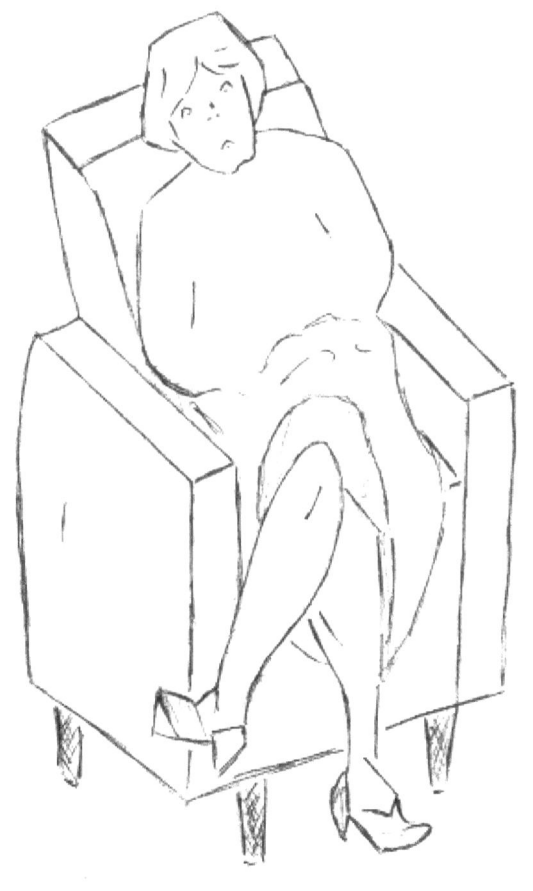

Le tronçonneur raccrocha et, encore goguenard, aperçut celle dont il avait oublié la présence. Simultanément, son visage se figea et son rire s'arrêta net. Il allait devoir rendre des comptes. La mine interrogative de son épouse ne lui laissait aucune chance. Si elle avait été son atout charme lors de sa campagne électorale, il savait pertinemment que son aversion pour l'hémoglobine avait failli lui faire mettre aux oubliettes le retour de la trancheuse.

Seulement, avec un programme moyen, il ne pouvait se démarquer de ses concurrents que par cette mesure forte. Et puisque ses adversaires se disputaient l'éducation et la santé, son cheval de bataille serait la sécurité pour tous et tout de suite.

Il n'était pas question de faire le mou avec des programmes de prévention, et encore moins de perdre son temps et les deniers publics dans d'hypothétiques réinsertions sans queue ni tête. Si on voulait remplir les prisons d'un côté, il était facile de les vider d'un autre. Allonger les réclusions et écourter les bandits, en diminuant les frais, était un programme qui fédérait assez d'électeurs pour le crédibiliser.

Bonne pioche !

Ce fut cette mesure phare et une crise économique providentielle qui le propulsèrent aux manettes du pays.

Il avait son premier condamné à mort et celui-ci devait être la référence d'une longue liste à venir. C'était son triomphe, il le voulait accroché au bout d'une pique, le baladant avec la fierté d'un dirigeant sur lequel on pouvait compter. Fantasmant quelque peu, il se voyait en « la Liberté guidant le peuple vers plus de sécurité ».

Et voilà qu'un petit bout de femme venait mettre son grain de sable dans le rouage d'une machine bien réglée. Car, maintenant qu'elle était au courant, la voilà bien sûr qui adhérait totalement à la doléance de ce pauvre garçon que l'on s'apprêtait à découper. « Impossible ! Impossible ! Impossible ! À un salaud pareil ! Et imagine-toi si cela venait à s'ébruiter ? Par les temps qui courent avec tous ces malheureux. » C'était un privilège auquel il ne pouvait consentir.

Il tapa fort sur la table pendant que son épouse, muette, le regardait calmement. « Mon ami, il vous faut faire preuve de mansuétude si vous voulez avoir une chance de vous voir ouvrir les portes du paradis. », lâcha-t-elle.

Face à l'agitation de monsieur se tenait la persuasion de madame... C'est ainsi que la revendication du reclusionnaire fut tranchée. À la condition expresse que tout cela se fasse dans la plus grande discrétion, le président accorda un dernier repas avant le trépas. Toutefois, bien campé dans son rôle de chef de famille, il ne céda pas pour les prostituées !

Le ministre de la Justice avait fixé la date après avoir examiné les inutiles recours prévus par la loi. Il en informa le président qui, en fin stratège, lui fit reculer l'échéance d'un jour. C'était toujours ça de gagné pour le condamné…, surtout, cela permettait à l'allocution, que l'élu allait donner à la télévision, d'être vue par le plus grand nombre. Car c'est bien cela qui comptait le plus. Ce moment important de son mandat, il se devait de l'exploiter au mieux.

Quand enfin la justice passerait, c'est en homme providentiel qu'il se poserait devant les caméras. Jubilant déjà, il annoncerait sobrement la mise à l'écart définitive d'un danger des plus graves pour la société, grâce à sa loi réductrice.

Voici donc venue la veille au soir d'une journée historique pour l'instigateur de la peine capitale.

Demain sera le dernier jour du condamné à mort.

V

C'est le directeur de la prison, informé mais pas consulté, qui amena pêle-mêle les victuailles et sa rancœur. Mis devant le fait accompli, et muselé de surcroît, il l'avait mauvaise.

Ce fut gargantuesque pour le ventre de l'ascète forcé, habitué aux repas carcéraux. Les traiteurs, qui croyaient préparer un repas pour le directeur ou peut-être une personnalité encore plus importante, n'avaient pas mégoté sur les quantités. C'était un nouveau marché, il ne fallait pas se louper…, on ne sait jamais !

Dans son adieu à la vie, s'abandonnant sans retenue à ce plaisir gastronomique, le futur mort vivait pleinement ses derniers instants. Il s'empiffrait, tout en regrettant que l'on ne guillotine qu'une fois. Il mangeait, avalait, ingurgitait, se bâfrait, impossible de laisser une miette de ce gueuleton. Surtout, ne rien gâcher. Personne ne l'emporterait au paradis, ni lui, ni eux. Quand il n'en put plus, il tomba dans son lit comme une masse, la main sur son ventre tendu.

Vers les onze heures du soir, un veilleur jeta un coup d'œil à l'œilleton : l'enfermé dormait sur ses deux oreilles. Sa cellule n'avait pas été débarrassée du banquet. Amers de cette débauche indécente, on s'était dit que, demain, c'était toute la cellule que l'on nettoierait de ses « déchets ».

La nuit avait instauré le calme dans le pénitencier et assagi les corps dans une relaxation naturelle ; hormis dans la cellule du condamné, que son excès faisait ronfler fort. Là, sur la paillasse, il rêvait ses derniers songes, une dernière évasion avec Morphée dans un sourire innocent.

À 1 heure du matin, soudain, venant de son cachot, on entendit une énorme déflagration, puis le râle terrible d'une bête à l'agonie.

La sentinelle qui somnolait tout à côté fit un bond. Surpris dans son demi-sommeil, l'homme inspecta les murs qui l'entouraient pour y voir une fissure, un éboulement…, or, il ne vit rien. Après quelques secondes, réveillé totalement et sorti de sa torpeur, dans un moment d'effroi, le garde pensa : « Le con ! Il s'est pendu ! »

Il se ressaisit. Les yeux écarquillés, en face le trou, il put voir par l'œilleton le bien repu se tortiller de douleur. Mais au plafond... point de corde. Et la détonation ? Il ne comprenait pas.

Fébrile, il ouvrit la porte au moment où, dans un long gémissement, le malheureux lâchait un deuxième pet extraordinaire qui résonna dans toute la prison. Abasourdi par cette prouesse sonore, le surveillant resta comme tétanisé. Bouche ouverte et nez bouché, il ne put réagir.

Rapidement, un deuxième gardien rappliqua, puis un troisième, avec à chaque fois la même question :

« Mais que se passe-t-il ? »

Finalement, on appela un supérieur, qui appela son supérieur, qui appela le directeur. Pendant ce temps, le prisonnier geignait bigrement.

Les pets aux décibels affolants
s'enchaînaient.

Bien précocement, la prison
tout entière fut réveillée.

Cependant, devant le cachot, on ne savait
que faire. Un médecin fut jugé utile ; on
décida de réveiller celui de permanence.

Pendant ce temps, on informa le ministre, qui informa son patron, qui, privé de ses conseillers en pleine nuit, ne pouvait prendre de décision.

Le toubib finit par se radiner et se pencha sur le malade, qui était maintenant vert dans sa tunique jaune. Les geôliers, dans leur uniforme bleu, se penchèrent sur le généraliste tout rouge d'avoir couru. Le médecin, impuissant, fit venir une ambulance ; alors on dut appeler le préfet pour signer le transfert jusqu'à l'hôpital.

Quelques heures plus tard, le condamné, qui sous l'effet de son mal grimaçait horriblement à en avoir tout le visage déformé, parvint aux urgences.

Une infirmière organisée voulut faire la fiche d'admission, on patienta donc le temps de dégoter un crayon. Deux urgentistes à la mine sérieuse et aux connaissances médicales étendues semblaient savoir, eux, ce qu'il fallait faire, et en premier ils devaient amener le détenu en salle d'opération.

Seulement, celui-ci était lié aux matons auxquels il était menotté. Les internes refusaient catégoriquement l'entrée en salle stérile du personnel pénitentiaire ; et de leur côté, les deux escortes contestaient fermement l'idée d'être détachés du captif.

On discuta beaucoup avant de tomber d'accord. Finalement, les deux surveillants prisonniers furent déshabillés, désinfectés, empaquetés et emmenés.

Un professeur aux connaissances médicales encore plus vastes fut appelé en renfort. Ce dernier, avec un esprit espiègle, regarda les policiers par-dessus ses lunettes en demandant lequel il devait opérer. Le grand costaud s'évanouit, ce qui déséquilibra légèrement le brancard. Une infirmière lui administra une belle paire de claques double effet…, celui de l'efficacité et celui, plus personnel, de la libérer d'une rancœur ancienne contre l'uniforme.

Finalement, sur les coups de midi, on se pencha sur le cas du pauvre malheureux baigné de sueur. Le diagnostic tomba vite : occlusion intestinale.

Pendant ce temps, au gouvernement, on s'agitait fortement. Une cellule de crise fut mise en place. S'y retrouvèrent tous les proches de la présidence. On les informa, penaud, de la situation et de la débauche que l'on avait accordée à ce scélérat. C'était la consternation générale.

Dans la pièce où s'étaient massés conseillers et décideurs tournoyaient les gros yeux des loups en costard et ceux, petits, du président en bras de chemise.

Le pauvre homme avait perdu de sa superbe sur un seul coup de téléphone qui avait coupé sa nuit en deux ; nuit consacrée, dans sa première partie, à la finalisation du discours à sa propre gloire, et dans la deuxième, à l'ébauche de ses explications piteuses. Car, pour sûr, c'était bien une décision stupide qui avait été prise en petit comité irresponsable.

Quant à l'allocution télévisuelle du généralissime Artaban, prévue dans la matinée, elle n'était pour l'heure qu'un amer souvenir. Son autopanégyrique, qui allait le placer avec sobriété au niveau des grands hommes d'État, traînait maintenant au fond d'une poubelle.

Cependant, pour le moment, tout allait bien... Disons plutôt que, rien n'ayant fuité, on avait une marge de manœuvre, réduite mais réelle. Un scandale écologique occupait les rédactions et faisait patienter les citoyens. On avait LE sujet de conversation autour de la machine à café, et c'était bien suffisant le temps d'un petit noir.

Toutefois, on avait rapidement oublié le condamné, surtout que la date fatidique n'était connue de quasiment personne. Puisque l'on avait eu sa tête, le passage à l'abattoir n'était qu'une formalité qu'une poignée d'hommes devait prendre en charge, loin des yeux de ceux qui aiment manger du pâté mais qui ne veulent pas savoir comment c'est fait.

Tout cela donnait du répit à un gouvernement essoufflé.

Pourtant, une tâche ubuesque l'attendait. En priorité, il était indispensable de museler les journaleux trop baveux. Mais également, il fallait secouer les conseillers, qui, abasourdis par la décision stupide d'un banquet insensé, restaient cois, sans idée, fixes, autour d'un président piteux. Et cela, afin d'étouffer au plus vite cet événement pour espérer un peu d'air.

On venait d'informer le cabinet de crise que l'état du repris de justice s'était dégradé fortement. Pour les proches du président, voilà une chance qu'il fallait absolument saisir. Il suffisait d'arrêter les soins et de ramener ensuite, en toute discrétion, le corps du supplicié en cellule. Il imputerait à une poignée de bureaucrates d'inventer une mort plausible et naturelle en milieu carcéral. L'idée avait ses partisans, mais pas l'aval du chef.

On réfléchit sérieusement et, puisque l'exécution n'était pas publique, quelqu'un proposa de guillotiner le cadavre ; une sorte de package 2 en 1, et le tour était joué, c'était tout bénef. Cependant, le chef d'État entendait rester le décideur et tenait à une décapitation dans les règles de l'art, et certainement pas à une bouffonnerie, une découpe bouchère sans intérêt.

Y renoncer eût été comme un feu d'artifice qui aurait fait pschitt, un pétard mouillé qui rend ridicule celui qui le jette, un échec personnel.

Alors, on conciliabula encore et encore sous les grognements d'insatisfaction du président. Mais la raison d'État pris le dessus sur la déraison d'un homme. Continuer les soins, avec tout ce que cela impliquait, était effectivement trop risqué. Le personnel médical engagé, la surveillance d'un terrible assassin hors les murs carcéraux multipliaient les risques de fuite. Le chef dans tous ses états n'avait plus qu'à se résigner.

Pendant que l'on tergiversait en haut lieu, les gastro-entérologues, « maîtrisant » maintenant la situation, s'occupaient du patient qui l'avait bien été. Le souffrant cumulait toutes les complications que l'on pouvait rencontrer dans ce genre d'opération, et la sueur avait changé de front. On faillit le perdre plusieurs fois, mais la détermination des thérapeutes à sauver sa vie n'avait d'égal que l'obstination du gouvernement à vouloir la lui retirer.

Ils enlevèrent des morceaux, en rajoutèrent. Ils s'affairaient dans une fébrile ferveur, les yeux fixés sur le corps ouvert, concentrés.

En retrait, les infirmiers leur venaient en secours, faisant passer par-dessus les épaules les ustensiles médicaux. On demandait prestement les bistouris, scalpels, écarteurs, compresses, ciseaux ; on répondait bistouri, scalpel, écarteur, compresse, ciseau, en tendant l'objet.

Dans cette envolée de gestes cérémonieuse, on invoqua tout le matériel médical comme si on implorait des divinités.

Finalement, au palais, la décision fut prise. L'arrêt des soins était prononcé au plus haut niveau. L'exécution de l'ordre était sans appel.

Deux émissaires se rendirent immédiatement à la rencontre du directeur de l'hôpital.

Reçus dans ses locaux, les envoyés spéciaux firent part de l'ordre donné. Ils exigeaient une totale coopération. En échange, le directeur pouvait compter sur la complaisance des autorités quant à sa gestion aléatoire de l'hôpital et, pourquoi pas, une révision avantageuse de son cursus.

Le carriériste ne se fit pas prier. Il avait juste besoin d'une poignée de minutes pour mettre un terme déontologiquement à cette histoire qui n'en avait pas. Il se rendit sur-le-champ auprès de son personnel, assurant qu'il ne serait pas long.

Effectivement, il revint à peine dix minutes plus tard. La mine qu'il arborait questionna aussitôt les deux sbires. À son arbitrale éthique, il s'était vu opposer celle des signataires du serment d'Hippocrate. En d'autres termes, du moment qu'il était possible de sauver une vie, il était hors de question pour eux d'exécuter les plans bidons d'un autocrate gaffeur.

Le directeur avait eu beau parlementer, les chirurgiens ne voulaient rien savoir, et, de plus, ils menaçaient de faire éclater cette histoire de fou si on touchait à un seul cheveu du futur guillotiné.

Alors que l'on attendait en haut lieu de quoi soulager les céphalées désormais chroniques, c'est un coup de massue qui arriva de l'hôpital par téléphone. Le temps s'arrêta. Le mâle dominé faisait des bonds gigantesques, et madame se tassa dans le fauteuil qu'elle occupait continuellement tel un chat en pacha.

Une flopée d'insultes traversa toute la ville dans une onde meurtrière jusqu'à l'hôpital, où elle se fracassa sur l'honneur des blouses blanches.

Trois jours ! Trois jours passés à sauver un condamné à mort. Le président était fou de rage, et n'attendait que le bon rétablissement du criminel pour l'emmener personnellement à la guillotine. Or, la guérison s'annonçait compliquée.

Les chirurgiens avaient enlevé une partie de l'intestin, et des complications postopératoires apparaissaient chaque jour. Depuis qu'il s'était réveillé, l'opéré se plaignait continuellement de douleurs chroniques et diverses. Les médecins consciencieux se dévouaient autour de leur martyr.

Un service de sécurité était monopolisé à plusieurs endroits de l'hôpital pour empêcher, d'un côté, quiconque de rentrer, et, de l'autre, laisser échapper le meurtrier qui ne pouvait pas bouger.

Entre la poulaille affectée à sa surveillance et les moyens médicaux, l'âme damnée avait droit à plus d'attention que quiconque dans le pays.

Jusqu'ici, on avait réussi à cacher la vérité à la population. Hélas, tout cela coûtait cher, très cher. Alors, sans doute pour limiter les dépenses, et plus sûrement pour se soulager, le tyran au pouvoir vira quatre personnes coupables de ne pas avoir prévu les complications qui s'accumulaient.

Tous les matins, un compte rendu médical était remis au chef de l'État. Après les colères des premiers jours, c'était une forte déprime qui le prenait à la lecture de chaque rapport quasi identique. Migraine et découragement assurés dès son lever.

VI

Une silhouette filiforme s'approchait de l'hôpital, suivie de son ombre fine qui se déplaçait sur les murs au rythme de petits pas claquant sur le trottoir. Sa minisacoche se balançait et, avançant sous une pluie exquise qui ne l'atteignait pas, une chansonnette dans le crâne, elle sifflotait et paraissait légère.

Depuis l'affaire ultramédiatisée, cet homme se retrouvait sans travail. L'avocat avait été la risée du monde entier. Cela l'avait beaucoup affecté, il se raccrochait cependant à l'idée que le génie, que peu de gens savent reconnaître, est souvent victime d'incompréhension.

Le seul client qu'il lui restait demeurait dans cet hôpital à la discrète surveillance, où chaque entrée et sortie faisaient pourtant l'objet d'un contrôle strict grâce à la vidéo.

Il entra dans la chambre en souriant et salua le malade qui grimaçait. Écartant les bras, tel un petit Jésus, il s'exclama :

« Mon ami, je suis venu vous sauver ! »

« Se pourrait-il que cet être débile ait des connaissances médicales ?, s'interrogea l'alité. De toute façon, personne ne pouvait le soulager, alors pourquoi ne pas laisser une chance à ce petit diable qui voulait faire un miracle. »

Celui-ci sortit un très gros classeur de son cartable et le posa lourdement sur le lit. La douleur qui déchira l'invalide fut si violente qu'il perdit connaissance. Revenu à lui, il comprit comment ce gringalet, lui-même sans connaissance, était son salut. Il suffirait qu'il déploie sa faconde pour lui rouvrir les portes de la mort. Et c'était bien la seule chose qu'il espérait, tant il n'en pouvait plus de toutes ces souffrances abdominales abominables.

« On va tous les attaquer ! », cria l'excité.

Dans le lit médical, on resta la bouche ouverte, béat devant le génie de la bêtise. « C'est bon, je suis sauvé ! », se dit-il. Enfin la guillotine se rapprochait, éloignant ses douleurs. « Comment cet être minuscule pouvait cumuler tant de bêtise en si peu de volume ? » Il en était perplexe.

« J'ai pu, de par le temps de liberté dont on me fait la grâce depuis la fin de votre procès, me pencher enfin sur ces livres que l'on était forcé d'acheter pour rentrer à l'école de la magistrature..., je veux parler du Code pénal. Figurez-vous qu'ils contiennent nombre d'astuces pour se sortir de la merde, et, soyons franc, je crois que nous y sommes tous les deux. Je crois d'ailleurs savoir que vous avez du mal à évacuer la vôtre, et vous m'en voyez désolé ! »

Barbe bleue, qui n'avait de sa vie ressenti la moindre émotion, fut surpris d'être choqué par de tels propos. Et, bien qu'il ne rêvât que de mourir, abasourdi, il se demanda un instant s'il ne serait pas intéressant de vivre pour voir ce dont cet hurluberlu était capable.

VII

Pendant ce temps, les bras droits du président avaient quasiment installé leur QG dans le bureau étriqué du directeur de l'hôpital. Ce dernier, sous surveillance, se retrouvait coincé entre les molosses envahissants. Il n'avait plus une place à lui.

136

De toute façon, victime de son incompétence, on lui en avait repris la gestion. Il était question, au moindre prétexte, de le muter à Pétaouchnok-les-Agadou. En attendant, on l'avait à l'œil, et le bon.

Le service de chirurgie était, lui, dirigé par un ponte au caractère bien trempé. Pas toujours agréable et plutôt du genre intransigeant, il avait cependant bonne réputation auprès de ses équipes, dont il appréciait la compétence. Travailler avec lui ne vous garantissait pas, loin de là, un flot de compliments.

Néanmoins, pour cet homme « brusque », le respect de ses gestes et la justesse de ses actes vous donnaient, dans un certain plaisir tacite, la reconnaissance de votre travail bien fait. Et c'est ce docteur que le chef de l'État rêvait de faire empailler chaque fois qu'il apercevait son rapport sur la table..., c'est-à-dire tous les jours.

Malheureusement pour le président, il était programmé, de longue date, une intervention chirurgicale que le chef de service devait pratiquer sur sa personne. C'était une opération bénigne sur son derrière hémorroïdaire.

Mais, alors qu'il promettait la décapitation au moindre malfrat en son royaume, voilà qu'il se mettait à gémir à la simple idée d'une piqûre.

Être pris en main par cet érudit de la médecine le rassurait un tant soit peu. Et puis, il ne voulait, sur ce point délicat, prendre aucun risque. L'élu faisait au chirurgien révérence en la circonstance, se penchant bien bas comme les pompeux de la cour, et lui montrait, de l'introduction à la sortie de la consultation, son fessier en toute occasion.

VIII

Revenu à son office sans secrétaire, notre avocat s'agitait avec un plaisir procédural qu'il n'avait guère connu auparavant. Il potassait fort, délogeant de ses étagères des livres rouges quasiment neufs. Maintenant, il en écornait les pages, les posait, les reprenait. Il découvrait des articles qu'il jugeait fort utiles pour d'anciennes affaires, pour lesquelles nombre de ses clients avaient écopé de lourdes peines.

Pourtant, l'heure n'était pas aux regrets, elle était à une revanche, un coup de maître qui laverait l'affront. Lui, le minus, voyait le moment où tous les petits du monde se sentiraient fiers qu'un des leurs soit non pas devenu un grand, mais ait rendu les grands plus petits.

Pendant que l'élu prétentieux fulminait, pendant que l'invalide geignait, lui paradait autour de son écritoire et de son dossier, qui s'étoffait de façon étonnante.

Si l'on cumulait tous ceux qu'il avait pu présenter dans sa carrière, on approchait à peine un quart du volume de celui qu'il constituait désormais.

Il travaillait comme on le lui avait appris à l'école de la magistrature, plus qu'il ne l'avait fait durant toutes ses études. Et, alors que jusqu'ici il avait entrepris tout de travers sans plaisir, il découvrait dans une jouissance le droit sur lequel il ne s'était jamais penché. À l'aube de sa retraite, il avait enfin trouvé sa vocation.

Il dénichait des lois, en appréciait leur aide, leur puissance de frappe qui avait permis à ses adversaires de le terrasser chaque fois qu'il les croisait dans un prétoire. C'étaient des armes magiques qui permettaient, d'un simple détail, parfois, d'anéantir la partie adverse. Maintenant, il jonglait avec et, oubliant son amateurisme désolant, se devait d'en être le maître le plus agile pour son client à qui on promettait un enterrement en deux temps.

Il se nourrissait de ce savoir comme d'un repas dont on ne peut se rassasier. Plongeant dans cette découverte, il en oubliait de manger vraiment. Son pauvre corps déjà squelettique fit peur à sa concierge. Il n'avait même plus d'ombre pour le suivre, juste un mince filet brun découpant le trottoir et les vitrines en deux.

À présent, plus rien ne pouvait l'arrêter. L'âne se transformait en bouledogue. Les livres lourds qui l'avaient assommé réveillaient une conscience que depuis belle lurette, par fainéantise, il avait laissée dormir.

Il allait atomiser ses adversaires.

Il avait l'intention d'attaquer l'hôpital pour négligence médicale, le traiteur pour manquement aux règles élémentaires d'hygiène, et l'État pour tentative d'empoisonnement.

C'est le traiteur qui, le premier, reçut la plainte officielle.

Assis à son bureau, il regardait interloqué le courrier qu'il avait sous les yeux. Le cuisinier crut à une farce. Soucieux d'éviter les pépins, il appela son conseil, qui éclata de rire quand il entendit le nom aujourd'hui célèbre de son confrère.

« Mon ami, lui dit-il, avec dans la voix une condescendance pour son collègue adversaire, je pense que vous pouvez oublier cet incident, ce non-événement, dès à présent. Faites-moi passer ce courrier, et j'aurai tôt fait de régler votre léger souci dans la semaine. »

Le traiteur, soulagé, remercia le conseil avant de raccrocher. Il avait toujours son beau sourire quand il se retourna vers son associé, qui venait de rentrer.

« On va écraser ce minable ! »,

lui lança-t-il.

Ce à quoi il se vit rétorquer sèchement : « Les services d'hygiène sont devant la porte. »

Branle-bas de combat. Les personnages qui souhaitaient visiter avaient l'air de tueurs à gages de commerces alimentaires. En face, ça tremblait et claquait des dents devant le peloton d'exécution. Ce n'était pas la première fois que l'on voyait ici cet organisme, mais là ! Ce jour-là ! Avec ces deux-là ! « On n'a rien à se reprocher…, si ? »

Les locaux étaient tout neufs et les artisans, qui avaient œuvré récemment, leur avaient bien assuré : « Tout est aux nourmé mondialé. »

Blouse blanche sur les épaules, calot sur la tête et thermomètre à la main, leur inspection débuta. Elle fut longue et stressante, car silencieuse. Les vétérinaires ne posaient nulle question, et, pire, ils ne répondaient que très vaguement à celles des patrons, inquiets de tout ce remue-ménage dans les frigos et les remises.

Deux heures bien éprouvantes pour les traiteurs. Toujours derrière, trottinant, ils suivaient tels des chiens-chiens les professionnels de l'hygiène. Et on se quitta comme ça ! Sans que l'on puisse tirer quoi que ce soit de ces visages figés. Ils devaient rendre leur rapport sous quinze jours, et c'était bien la seule chose dont on était sûr.

IX

Il y avait le feu à tous les étages, au palais de la présidence. De toute part, maintenant, des fuites apparaissaient. Ce fut d'abord de minces entrefilets dans les journaux. On se demandait où était passé l'embastillé. Que cachait-on ? À quand le supplice du meurtrier ? Si dans le domaine médical on était plutôt dans la retenue, d'autres ne se privèrent pas pour lâcher, çà et là, des informations à la presse fouineuse.

C'est ainsi que, au matin du premier anniversaire de l'élection présidentielle, on put lire à la une d'un grand hebdomadaire :

LE CONDAMNÉ À MORT

EN SOINS INTENSIFS !

Les boulets de canon que le souverain mégalo avait rêvé de faire tirer pour ce jour de commémoration venaient de lui exploser en pleine figure.

Ce fut, à partir de ce moment, un lâcher de meute sur tout ce qui pouvait être lié de près ou de loin à ce scandale. Dans les quotidiens, à la télévision, on s'en donnait à cœur joie. Ils n'étaient pas tendres, les journalistes ; eux qui durant toute la campagne électorale se posaient la question du bien-fondé de la peine de mort, les voilà qui exigeaient de savoir pourquoi elle n'était pas appliquée.

Les grands humanistes éditoriaux étaient outrés de la faveur accordée à la pire espèce humaine que l'on n'ait vue ici-bas. Ils s'acharnaient sur les responsables d'une telle ignominie.

On n'épargnait rien au gouvernement et à son chef, qui avaient autorisé un tel privilège en des circonstances où l'austérité était préconisée à tous les niveaux.

Il y eut des débats où les rares défenseurs d'un peu d'humanité se faisaient écharper. De tout cela, la population était en ébullition. On en discutait dans la rue ou chez les commerçants, créant parfois de mini-émeutes. La police venait tenter de calmer les esprits, sans résultat probant. Protégeant un assassin, elle était prise à partie par le citoyen, qui n'aime pas que l'on gaspille l'argent de ses impôts dans des conneries !

Le corps médical devait justifier la décision des soignants qui s'affairaient autour de l'éventreur éventré. La situation était bien difficile pour eux. « Ils feraient mieux, ces imbéciles, de se décrocher le cerveau et de nous concocter un vaccin contre le cancer », disait-on. Au café des philosophes, des clients proposèrent de créer une milice pour finir le boulot salopé par tous ces incapables du gouvernement. « Ah ! si ça ne tenait qu'à moi ! », dit un gaillard que le comptoir retenait de toute action dangereuse.

Puisque les gens savaient où se cloîtrait le prisonnier, on dut renforcer la sécurité au niveau des entrées de l'hôpital, mais également dans tout le CHU, car des énergumènes essayèrent de pénétrer déguisés en infirmiers. Du coup, un étage fut complètement réquisitionné pour sa sécurité, ce qui, cela va sans dire, mit encore plus d'huile sur le feu.

Chaque jour, on calculait le coût exorbitant que l'on dépensait. On aurait dû, selon certains, réduire les coûts dès le lendemain de la sentence. La concorde de la nation tout entière pour la mise en œuvre du guillotinage du saligaud se recréait dans un consensus contre le gouvernement.

Dans l'entourage du président, des têtes continuaient de tomber. De pauvres types qui n'avaient rien à voir avec la décision prise par le chef de l'État se voyaient les victimes de la lâcheté du despote qu'ils avaient aidé à élire. Dans un coin de la pièce, une forme féminine se faisait de plus en plus invisible dans son fauteuil.

Au sommet de l'exécutif, on recevait également des menaces de mort. Son grand projet politique, qui devait être celui du renouveau, était compromis. Les déplacements des ministres devenaient impossibles. Partout, une haine animait un peuple qui devenait de plus en plus agressif.

X

Dans leur entreprise, les traiteurs associés regardaient, avec une fébrilité paralysante, une lettre épaisse arrivée par le courrier du jour. Le sigle apposé sur l'enveloppe leur indiquait clairement que les services d'hygiène avaient rendu leur avis sur l'établissement. On respira profondément, puis on ouvrit doucement le document.

Comme toujours dans ces cas-là, on survole les bla-bla pour trouver le plus vite possible les conclusions cruciales pour l'avenir de sa société. Seulement, les résultats des analyses n'étaient pas si faciles à repérer au milieu de tous ces chiffres et d'un vocabulaire pas vraiment explicite.

« J'y comprends rien…, c'est bon pour nous ou pas ? » Les yeux des pauvres compères galopaient dans tous les sens pour en donner à cette quantité d'informations. Dénichant soudain ce qu'ils recherchaient, ils tombèrent ensemble dans leurs fauteuils, essoufflés comme après une course.

Le rapport qu'ils avaient dans les mains leur était tout à fait favorable. Il recevait, de plus, les félicitations de l'organisme, qui les encourageait à continuer sur cette voie.

D'un bond ils se levèrent pour aller chercher du champagne et des verres. Dans de beaux éclats de rire, on entendit un grand boum, pourtant le bouchon de la bouteille n'avait pas sauté. Il y eut un deuxième boum plus fort, mais le vin pétillant ne voulait toujours pas couler. Troisième boum…, toujours rien! Au quatrième boum, enfin le portail sauta.

Les gazetiers venaient de divulguer le nom et l'adresse des cuisiniers qui servaient des festins aux enfers. La foule déchaînée cria et s'engouffra dans la brèche qu'elle avait créée. Les patrons qui venaient de vivre trente secondes de pur bonheur étaient maintenant terrorisés.

Dans la panique, l'un se cacha précipitamment dans un frigo, tandis que l'autre, téméraire, essaya d'aller parlementer. Est-il nécessaire de préciser que les pourparlers tournèrent court ? C'est avec une sauvagerie incroyable que les Attilas de la justice saccagèrent totalement, et en moins de vingt minutes, l'établissement remis à neuf récemment... parce que « c'est bien fait pour eux ».

Quand la police débarqua, il ne restait plus rien de ce qu'avait été cette entreprise moderne. Dans les décombres gesticulait désespérément une drôle de carcasse pendue par ses bretelles à des crochets.

Non loin de là, un saucisson bâillonné avec de la panse fraîche suppliait du regard qu'on lui vienne en aide. Sur un mur à demi écroulé, on pouvait lire cette aimable attention écrite avec du sang de cochon : « cet foie si on a étai gentil ».

XI

C'était comme un mince filet
noir que l'on voyait passer
tranquillement entre les gouttes.

Porté par le vent, il se rapprochait guilleret de l'hôpital. Accrochée à ses souliers, une fine ligne dansait dans les flaques comme une arabesque facétieuse. Désormais savant, et déjà vieil homme dans un corps d'enfant, l'avoué ne pesait pas lourd face à la menace de la colère collective. Mais le Goliath du savoir paraissait intouchable. Les gens qui le croisaient affichaient leur morgue en pensant l'offenser, s'écartant comme dégoûtés, ils laissaient librement le taureau ailé avancer.

« Cher ami, avez-vous réfléchi à ma proposition ? »

Le médecin qui venait de recevoir la question, le grand ponte à l'allure altière, essaya de maintenir une position fière dans son fauteuil.

Assis derrière son immense bureau d'acajou, il regardait l'homme enfant rabougri posé sur une chaise. Il lui avait directement désigné cette assise trop haute, désirant l'humilier. Seulement, les jambes ballantes de l'intrus donnaient l'air de danser la valse insouciante du vainqueur. L'être famélique au regard maléfique, du haut de ses trois pommes, toisait le toubib avec une supériorité qui l'insultait. Pourtant, le docteur le savait, il ne pouvait rien se permettre face à ce « minable », ce gugusse qui tenait dans une main avait son destin dans la sienne.

« Alors, répéta-t-il, avez-vous réfléchi ?
Voyez-vous, cher ami – quel plaisir de
pouvoir appeler « cher ami » cet être
prétentieux qui le détestait, jubila-t-il en
son for intérieur – je comptais un peu sur
l'assurance des traiteurs pour récupérer de
l'argent. Or, il semblerait que cette société
n'existe plus. Il sourit. Il vous faudra
donc faire un effort supplémentaire. »

On lui répondit d'un ton sec :
« Je ferai le nécessaire. »

Maintenant, le chirurgien

paraissait effondré.

Le lilliputien géant sauta de sa
chaise, salua respectueusement,
et, tel un César entrant dans
Rome sous les lauriers, il sortit.

Dans le cabinet médical, le clinicien livide redressa son corps avachi et se leva péniblement. Le savant émérite alla se planter face au mur de son bureau. Devant ses yeux s'étalaient tous les cadres renfermant les diplômes qui faisaient sa gloire. Les parcourant lentement, un à un, il tressaillit et se demanda, perplexe, comment ce bipède imbécile avait pu apprendre qu'ils étaient tous falsifiés.

Le lendemain matin, devant une flopée de caméras, il reconnut des erreurs de jugement dans le diagnostic, ainsi que de mauvaises prises de décision lors des opérations successives sur le patient incurable.

Il en prenait l'entière responsabilité, et annonçait avoir sollicité sa mise à la retraite anticipée. Il partait avec sa réputation intacte, préservant ses mensonges ; il laissait les assurances se dépatouiller avec son tombeur en robe noire.

XII

Dans sa chambre barricadée, sans télévision, le psychopathe ne savait rien du climat de haine qui se propageait dans toute la population... Il pouvait toutefois ressentir cette tension chez le peu de gens qui l'approchaient. On chuchotait dans les couloirs entre policiers ; le personnel médical avait perdu son sourire et la douceur de ses gestes dans chaque manipulation.

Son redresseur de sort ne venait plus le voir, trop occupé par sa préparation. Il lui avait cependant fait parvenir un télégramme où l'on pouvait lire : « Votre affaire avance. »

« Mais pourquoi ne me laisse-t-il pas mourir ? », se plaignit le malade qui souffrait affreusement.

Désespéré, il ne cherchait même plus à comprendre. Lui qui avait commis tant de crimes atroces, ne pouvait, bloqué dans son lit, étrangler cet épouvantail. Cela aurait été pour lui, indubitablement, la plus grande des jouissances qu'il aurait pu ressentir dans sa carrière d'assassin psychopathe.

Sans prendre la peine d'ouvrir la lettre des assurances, l'avocat se permettait de refuser leur proposition d'indemnisation. Il fit partir dans la foulée une lettre qu'il avait déjà préparée. Par elle, il les priait « gentiment » de revoir le montant ridicule qu'elles offraient, et leur rappelait, avec une ferme longanimité, ce que pourrait leur coûter une longue procédure.

Il n'avait même pas eu à bouger. La providence, machiavélique, s'était chargée de mettre KO le traiteur et le corps médical. Par contre, le dernier uppercut, il avait bien l'intention de le donner lui-même à la face du monde, trop occupée à se bidonner devant lui pour voir le coup arriver. Il avait, pour cela, une requête que les plus hautes instances ne pouvaient, il en était sûr, lui refuser.

190

C'est par une missive des plus respectueuses qu'il sollicita un rendez-vous avec le président de la République.

En attendant une réponse, lassé de faire maigre, il alla faire un bon petit repas dans l'un des meilleurs restaurants de la ville. On lui présenta une table à l'écart et une chaise accordée. On lui donnait du vous, poli. On le regardait du coin de l'œil..., parfois mauvais dans son dos, mais si obséquieux quand on le fixait.

Sans avoir commencé à manger, déjà, il se régalait.

On apporta une entrée, savoureuse, suivie d'un gibier à la garniture généreuse. De fromage, il ne se priva pas. Le tout arrosé de bons vins, accompagné de pain, et pour finir... une tarte Tatin.

Il avait commandé une eau pétillante pour la digestion, et s'était attardé longuement sur la mastication. La viande était tendre et parfaitement cuite, cependant, son estomac, à son image, était riquiqui ; il se devait de le ménager. Hors de question de prendre un quelconque risque avec lui. Lucide, il savait bien que cette fois-ci le corps médical, le voyant débouler aux urgences, ferait fi de son serment d'hypocrites.

Qu'importe ! Surtout que cette pensée lui apporta un petit plaisir supplémentaire qui lui provoqua comme une extase dans le regard.

Après une douce sieste des plus agréables, à l'ombre d'une feuille d'eucalyptus, il rejoignit son cabinet. Déjà le téléphone y tintait. Dès le lendemain de la condamnation de son client, ce dernier s'était mis à sonner et à sonner, strident et énervant pour le pauvre homme. Non pas que le son aigu soit la cause de son exaspération, mais il comprit bien vite que la motivation, à l'autre bout du fil, n'était hélas que malsaine, négative, à charge.

Les interviews, qu'il refusait systématiquement, n'avaient pour but que de gonfler un audimat ou de garantir les ventes de journaux. On ne désirait que l'humilier dans la continuité de ses exploits publics. Il était le dindon, la farce et le marron de la comédie où le pierrot peut s'asseoir sur sa candeur et leur malignité.

Il avait bien failli se faire avoir, au début, dès les premiers appels de sollicitation. La première sonnerie qu'il entendait depuis fort longtemps l'avait fait sursauter. Le vieil appareil semblait se réveiller, et la vibration avait fait tressaillir la poussière qui le recouvrait, comme pour s'en dégager.

Il faut dire qu'il ne servait plus guère, car, des clients, il n'en avait point. Sa réputation était grande en superficie, elle dépassait depuis longtemps les limites de sa région, et les tarifs bas qu'il avait mis en place étaient, de toute façon, toujours trop élevés pour l'assurance d'une condamnation..., frais de justice en sus !

Dans les premiers temps, s'il refusait les invitations fallacieuses au ton mielleux de certains qui le flattaient pour mieux le détourner, c'est qu'il était lassé d'une nouvelle défaite ; il voulait se reposer et réfléchir avant d'accepter. De toute façon, sa cabèche était vide, il avait tout donné durant les dix jours de l'audience. Et heureusement pour lui, car ce fut le temps nécessaire pour qu'il perçoive la couleur de l'âme humaine.

S'il regrettait, avant sa médiatisation, que le téléphone restât muet, il l'avait vite délaissé depuis son agaçante résurrection. Il ne répondait plus, laissant le répondeur prendre le message qu'il effaçait immédiatement pour laisser place à un improbable nouveau client.

Les jours passèrent et
les appels se calmèrent.

Pourtant, quand cet après-midi-là la sonnerie se fit entendre, c'est avec le sourire qu'il décrocha. Il ne s'était pas trompé, la provenance de l'appel était bien celle désirée. La personne, travaillant pour la présidence, lui annonça que l'entrevue était consentie pour le lendemain matin.

Sa nuit fut superbe, dans un rêve de grandeur et de réussite annoncées.

XIII

Un président nerveux, épuisé et se demandant ce qui pouvait encore lui tomber sur le crâne, faisait face à une sorte de bouddha aminci, serein et souriant.

De par sa position et sa stature, le recevant imposait un rapport de force inégal. Dans une perspective longiligne, on pouvait voir le dos large de ce dernier et, dans l'enfilade, l'avocat si menu qu'il paraissait loin. Le premier des élus et un citoyen bien insignifiant dans une situation ubuesque où le combat ne devait s'achever que par l'anéantissement de l'adversaire.

Le grand costaud posa une demi-fesse sur son bureau en jetant un rapide coup d'œil sur le fauteuil vide tout à côté. Il affichait clairement un dédain des plus insultants pour celui qui lui avait demandé audience.

Oh ! Il pouvait bien se sentir méprisé, le petit homme, ça lui était bien égal. Il se savait le maître du jeu et savourait ces moments où on lui devait allégeance. Et si on le regardait de haut, désormais, ce n'était dû qu'à sa petite taille.

Sans préambule, ni politesse aucune, le locataire des lieux entama l'échange, incorporant volontairement une tension qui n'avait pour but que de déstabiliser un être pourtant censé ne pas faire le poids. Cependant, ce dernier ne quittait pas son air calme, soutenant le regard féroce sans sourciller.

Le combat oral s'était engagé entre le lion rugissant et l'aiglon. Les griffes du félin tapotaient nerveusement sur le bois précieux du bureau. Hautain, torse bombé, l'élu comptait sur l'intimidation pour surpasser son adversaire.

Seulement, le drôle d'oiseau, posté sans complexe en face de lui, attendit placidement son tour pour exposer au roi de cette jungle sa vision des choses. Le déroulé des événements à venir qui était proposé au régnant le fit s'étrangler de rage.

Titubant sous l'effet de la droite qu'il venait de recevoir en pleine poire, il n'avait pourtant pas le choix. Et, bien que ce fût pour lui une trahison à toutes les promesses qu'il avait faites et qu'il s'était faites, il ne pouvait qu'accepter. Un condamné à mort toujours pas mort, survivant aux dépens de l'État, et, pire, sous sa protection, voilà une situation qui devait cesser.

Ce sparadrap pourrissait le mandat électoral du capitaine, et sa législature n'avait plus la saveur d'autorité qu'il avait voulu lui donner. Alors, résigné, il s'inclina d'un geste mauvais de la tête.

208

Être le premier des concitoyens et se faire mener par le bout de la crinière, quelle déchéance il vivait là !

Sa victoire en poche, l'aigle impérieux sortit, saluant toutefois respectueusement. Resté seul, patte de velours s'effondra dans le fauteuil libre.

XIV

Heureux..., il l'était, cet étonnant petit personnage ! Tout se déroulait comme il le voulait. Il avait la garantie que rien ne serait fait pour l'empêcher de mettre en branle la dernière partie de son plan ; il devait toutefois en prendre toute la responsabilité. Mais plus rien aujourd'hui ne lui faisait peur, bien au contraire. Ce nouveau rôle qu'il jouait lui apportait une grande jouissance et la force nécessaire.

Les douleurs de son client ne s'amélioraient pas, il prenait pourtant son temps, pas dans un malin plaisir à faire durer les choses, mais dans un plaisir malin à faire bien les choses.

Il savait dorénavant, ayant enfin appris son métier, qu'il avait été son pire ennemi. Alors, il était décidé à s'appliquer, c'était sa dernière opportunité. Il devait se préparer le plus rigoureusement possible pour le procès qui allait avoir lieu. Car, c'était bien cela dont il avait été question dans le bureau du président..., il en avait obtenu la révision.

L'élu se serait bien passé de cette couverture médiatique. Mais, puisque la pression sur lui et son gouvernement se faisait trop forte, il convenait d'imaginer un subterfuge pour que les yeux braqués sur son palais soient détournés vers celui de la justice. La horde populaire, au-dehors, avait la bave aux lèvres. Il fallait leur balancer, à « ces chiens galeux », l'os à ronger qui finirait bien par les calmer.

L'annonce, il était convenu que c'était lui qui devait la faire. Cela arrangeait tout le monde, vu qu'au sommet de l'État on désirait pour le moment se faire le plus discret possible, et que lui, il voulait lâcher sa bombe en pleine figure de son beau pays.

Obtenir un espace médiatique était chose aisée puisqu'il était devenu l'un des plus célèbres avocats du royaume. Tous les journalistes rêvaient d'être celui qui pourrait recueillir les confessions de ce petit homme fameux. Son nom était comme un sésame, il n'avait qu'à choisir qui serait l'heureux élu. Sa déclaration télévisuelle, il l'avait bien préparée, à commencer par le choix du programme.

L'émission idéale, c'était la grand-messe dominicale, le rendez-vous incontournable, celle qui faisait rentrer plus tôt les gens chez eux pour s'installer, voir et écouter cette journaliste aux yeux si verts et au charme auquel personne, ni les jeunes ni les vieux, les hommes pas plus que les femmes, n'était indifférent.

Il était resté vague quant à ses motivations, les sujets sur lesquels il désirait s'attarder.

Connaissant le loustic, on pensait tout simplement qu'il voulait s'expliquer, prouver le bien-fondé de sa stratégie lors de la plaidoirie. On ne voyait pas comment il pourrait justifier son angle de défense et on espérait bien qu'il accompagnerait son exposé de bourdes et de phrases en l'emporte-pièce qui feraient exploser l'audimat.

Ce fut effectivement une écoute record. Des millions de gens étaient devant leur télé au jour et à l'heure annoncés. Débutant dans l'exercice, le juriste avait pourtant avec lui le calme et l'aisance des vieux loups de plateaux. Dans une mise en scène perfide, on avait installé, autour d'un pupitre, deux tabourets inconfortables où il semblait en équilibre. Pourtant, droit dans ses idées et dans son corps, il avait belle allure. La femme en face de lui avait préparé seule son interview, comme à son habitude.

Pensant trouver un interlocuteur médiocre, elle l'avait orientée vers le sensationnel superficiel bien plus que dans la profondeur d'un débat qui aurait manqué de piquant. Elle fit un résumé de la carrière de son invité, laquelle, on l'a vu, ne comportait que des échecs, puis une narration du procès avec les moments forts, provoquant l'hilarité devant les postes de télévision. Lui avait l'air de s'en moquer ; restant droit et imperturbable, il montrait ainsi le visage d'une personne posée.

Après son monologue, elle attaqua ses questions, qui se voulaient agressives, tombant dans une facilité décevante. Il y avait du jugement, dans tout ça. Hélas pour elle, c'était un homme de loi, maintenant, à qui elle avait affaire. La faiblesse de son interrogatoire imbibé de sa présomption naturelle lui valut un méchant retour de bâton.

Ne voyant pas que sa stratégie inefficace révélait une âme bien peu sympathique, elle y laissa, ce jour-là, une partie de l'estime que lui portait son public.

Toujours souriant, lui, balaya son sarcasme avec complaisance, renversant la position de force avec habileté. Il argumentait avec un calme et une efficacité qui ne souffrait aucune objection.

Il ne niait pas ses erreurs passées, alors qu'elle pensait pouvoir l'acculer avant l'estocade. Il y avait de la clairvoyance en lui, et l'éloquence avec laquelle il s'exprimait rangeait peu à peu les téléspectateurs de son côté. Il parlait peu, ou plutôt juste le nécessaire. On découvrait ainsi, au fil des questions, quelqu'un de réfléchi, loin de l'image créée à ses dépens.

224

« Oui, c'est vrai ! Comme vous l'avez précisé, madame, ma préparation était mauvaise, et je n'ai fait que desservir la justice au lieu de la servir. Elle se retrouve aujourd'hui bafouée sans que cela ne gêne quiconque. Oh bien sûr ! qu'importe ! puisque l'on a obtenu ce que l'on voulait. Cette tête que vous réclamiez, vous l'avez eue ! Mais que la honte submerge les hommes qui prennent la justice pour un paillasson.

J'assume ma part de responsabilité. Discréditez-moi tant que vous le voulez, mais en exigeant une tête vous en avez vous-même perdu la vôtre. On s'est fourvoyé, tous ensemble, dans un simulacre de procédure. Tout était déjà écrit par la bien-pensance, par une opinion forcément juste puisque victime.

Mais la justice ce n'est pas ça. La justice ce n'est pas une vérité, votre vérité. La justice c'est le droit que l'on donne à l'accusé de ne pas se retrouver lui-même en injustice.

Il est temps de redonner tout son sens à notre belle démocratie, sans peur. Il est temps de rendre ses lettres de noblesse à notre institution la plus vénérable, sans délai.

Nous devons à cet homme, ce monstre comme vous dites, une procédure équitable qui, peut-être, ne le sauvera pas, mais qui lavera nos âmes d'une bien laide tâche. Je suis prêt à repartir au combat. Je vous annonce que j'ai réclamé la révision du jugement rendu à l'encontre de mon client et obtenu l'ouverture d'un nouveau procès. »

Une stupeur générale traversa tout le pays, comme un grondement sourd de tonnerre.

Avait-on bien entendu ? Était-il possible que l'on donnât une deuxième chance à l'infamie, qui déjà coûtait une fortune aux contribuables ?

La journaliste sidérée essaya d'en savoir plus. Elle le bombarda d'interrogations, allant jusqu'à le supplier. Hélas, son invité avait décidé que l'interview était terminée. Elle n'eut pour toute réponse qu'un merci et un au revoir. Il la planta sèchement au milieu du programme qu'elle dut combler de son mieux, seule, durant les vingt dernières minutes.

XV

Ainsi, puisqu'il ne pouvait en être autrement, on se rassembla vite au tribunal. Le protagoniste était absent, cloué dans un lit où il ne savait rien de ce qui se tramait. Son avoué s'occupait de tout, et lui se foutait de savoir ce que pouvait faire cet hurluberlu dans son dos. Pour lui, son sort était réglé.

Il s'accordait avec l'opinion publique qui désirait que tout cela s'arrête au plus vite. Un coup de ciseaux sur la chemise, un coup de tranchoir dans le cou, et finies les douleurs et les nauséabondes pensées qui l'assaillaient sans répit.

Là-bas, sur les marches du palais, il y avait déjà les rangs des robes noires qui accompagnaient les familles endeuillées, ces journalistes par dizaines autour d'eux, ces curieux encore plus nombreux et, comme dans toutes les affaires ultramédiatisées, sa star. Pourtant, cette fois-ci, celle-ci n'était pas dans le box, entourée de policiers, ce n'était plus la Joconde, mais Cicéron, drapé encore dans le silence comme dans une chrysalide qui renferme tant de mystères.

Bien qu'au centre de la salle et de toutes les attentions, impossible de voir le frêle bonhomme, que la moindre chose – un barreau de chaise ou une simple main devant vous – pouvait cacher.

Il était quasiment invisible pour ceux qui n'avaient pu accéder au premier rang de la salle archibondée. Cela le rendait rare. On se donnait du coude, on se mettait sur la pointe des pieds. On essayait de passer à droite puis à gauche des épaules qui vous précédaient dans une sorte de jeu de tennis. Gênée, la personne derrière reproduisait à l'identique le mouvement, et, ainsi, tout l'auditoire tanguait dans un balancement de métronome en cadence irrégulière.

Les confrères ennemis qui lui faisaient face avaient conservé leur arrogance et leur certitude. « Quelle autre issue pourrait-on envisager ? » On voyait mal comment il serait possible de ne pas leur donner ce qu'ils réclamaient. D'autant plus que l'opinion était toujours, en grande majorité, derrière eux et les familles pleines de haine d'avoir perdu un être cher dans des conditions particulièrement horribles.

Alors, ces pipelettes jacassaient et plaisantaient sur la tournure des séances.

En surnombre, ils créaient un brouhaha, s'amusant à tenter de deviner la nouvelle stratégie de la défense. Après avoir choisi la cause animale pour sauver un homme, qu'allait-il sortir cette fois-ci pour se ridiculiser ?

Les spéculations allaient bon train dans un délire exponentiel. De la complainte rigolote du bourreau déprimé qui a droit à sa retraite, à la mise en accusation des démons que l'on devait juger en lieu et place de « l'innocente victime », on délirait allègrement, oubliant la retenue due aux faits que l'on jugeait là. Espérant des débats que l'on voulait à minima, il tardait à cette volière de l'entendre plaider, car, il fallait bien l'avouer, on s'était bien amusé la première fois.

« Non coupable !

– Comment ça "non coupable" ?

– Il a dit non coupable ? »

Oui, on avait bien entendu, le fieffé fantasque venait de notifier que son client – qu'il n'avait même pas sondé – plaidait la non-culpabilité. Dans l'assistance, des yeux s'écarquillèrent, des mâchoires se décrochèrent, des souffles furent coupés.

Que se passait-il ? C'était tout à fait insensé ! Les pièces étaient là devant les yeux de tout le monde, et l'on pouvait constater, sans doute possible, la culpabilité. Les parties civiles étaient abasourdies. Décidément, on leur faisait vraiment perdre leur temps et l'argent du contribuable dans cette procédure inutile. Elles tenaient à l'expédier au plus vite, trancher le sort du boucher, qu'un zigoto ayant perdu la raison essayait de sauver.

Tout cela était ridicule, il fallait envoyer l'angelot à l'échafaud et le lilliputien à la retraite. Quant à eux, les avocats de la justice, ils ne leur resteraient plus qu'à partir en vacances en ce début de mois de juillet.

Allez ! Que l'on commence,
pour mieux en finir.

On s'agitait dans la salle.

Au centre, seul, sobre, la défense potassait son dossier, studieusement, à la vitesse d'un sénateur. Au centre, en fort grand nombre, les léporidés présomptueux, certains d'une victoire acquise le laissaient s'avancer.

Comme lors de la première instance, ils focalisaient l'enjeu uniquement sur leur carrière. Ils se voulaient, quand leur tour viendrait, plus percutants dans la formule, qu'ils recherchaient comme un slogan. Ils profiteraient du regard médiatique pour se faire un peu de publicité, dans cette profession où il n'est possible de se démarquer qu'à l'occasion d'un tel événement. Seulement, une affaire ne se gagne qu'à l'annonce du verdict, et le bougre défenseur allait bientôt se hâter, avec lenteur, de le leur rappeler.

Pour le moment encore, arrogance et vanité paradaient fièrement dans l'éloquence pompeuse, une enveloppe spécieuse d'une rhétorique ridicule. Servant de scène, le prétoire. Les représentants des familles exploitaient toute la palette des émotions. Ils choisissaient leur rôle, de l'acteur dramatique au romantique pathétique. On ne se gênait surtout pas pour faire un peu d'humour, en stand-up de l'avocat qui se cherche.

Mais dame modestie voyait le drame se profiler dans la maladresse de ceux qui croient avoir gagné d'avance, le mépris qui se retourne contre vous, la légèreté des arguments qui tombent à l'eau.

En face, l'homme tortue laissait s'acharner, dans un demi-sourire insolent, ses adversaires qui se présentaient dans ce deuxième acte, à leur tour, mal préparés. Ils l'étaient également lors du premier, mais l'amateurisme du défenseur n'avait pas permis de le souligner.

Depuis le premier jour, et avec les confessions du justiciable, personne n'avait remis en cause la culpabilité. Les faits étaient graves, bien qu'on les ait traités avec désinvolture, comme si on avait attrapé le diable en personne et que l'important était de le renvoyer au plus vite en enfer, sans vérifier convenablement que ce fût lui ou son frère. Mais le diable, tout le monde le sait, n'a pas de frère. Le diable est le diable, et une évidence est une évidence, c'est évident.

L'homme puce restait dans un calme déconcertant, et, chaque fois qu'il prenait la parole, il réfutait les arguments avec un aplomb et une justesse qui faisaient vaciller le banc adverse. Tellement sûrs de la culpabilité de l'accusé, on se contentait d'énoncer les faits comme des vérités. C'étaient d'ailleurs des vérités, et pas plus la défense que l'accusation jusqu'ici n'en avait douté. En revanche, les vérités ne le sont que si elles sont prouvées.

Alors, en combattant besogneux, l'individu malin mettait le doigt sur la faille dans cette accusation mal ficelée. Après avoir fait verrouiller des innocents dont il avait la charge, voilà qu'il avait la capacité de faire acquitter le plus ignoble des meurtriers.

Cela ne semblait guère lui importer ! La bête curieuse et son monstre de foire…, ah ! la belle paire : la risée et le rejet. Mais, quand la première peut libérer le second de ses chaînes, le spectacle devient tout autre. Dans le tribunal, les physionomies changeaient, passant du mépris insultant à la stupeur effrayée. On redoutait maintenant, dans des grimaces grotesques, une fin catastrophe. Lui voyait ce patchwork de faciès braqué sur sa personne, et il jubilait.

En face, on ne savait que faire, aujourd'hui que l'action était engagée. Demander un report qui les discréditerait ? C'était trop tard. Il fallait avancer, continuer à balancer des truismes auxquels se raccrochaient les familles endeuillées. Le combattant infatigable continuait sans relâche de retoquer tous les arguments assénés. Les preuves restaient à prouver et les certitudes vacillaient.

Le tout nouveau roi du barreau réclamait un peu plus de sérieux dans les propos. Le personnage fantasmatique, vêtu de noir, rabat blanc, rappelait posément aux jurés et aux magistrats du tribunal les règles élémentaires de la justice.

Ses bras, en fils de fer tordus, accompagnaient ses paroles où revenaient inlassablement : « Où sont les preuves ? Prouvez-le ! » Il y avait une exaspération grandissante qui devint peu à peu de l'inquiétude pour les parties civiles.

252

Car la galerie commençait à se ranger à son raisonnement limpide. Maintenant, il y avait des doutes sur la culpabilité. À bien y regarder, comment un être androgyne au visage poupin pouvait-il être un tel monstre ? « J'ai toujours eu des doutes », dit une femme à une autre, qui approuva de sa binette.

Après une semaine d'audience, où chaque point avait été contesté par le défenseur unique avec cette habileté déconcertante et un professionnalisme indiscutable, on abordait les plaidoiries.

Un après l'autre, les partisans de la condamnation suprême prirent la parole.

Ils étaient déstabilisés, le visage défait. Devant eux, un jury qu'ils n'auraient dû, en aucun cas, avoir à convaincre. Derrière eux, les familles médusées, perdues, qui conjuraient du regard une justice pour leur enfant, leur femme, un membre de la famille, meurtries à cause de cet immonde tueur. Et voilà que l'on chipotait sur des faits irréfutables, mais malheureusement mis à mal par un nabot, un minus, un géant, qui était en train de tout piétiner, jusqu'aux tombes des innocentes victimes. On ne comprenait pas.

Dans les rangs des plaignants, il n'était plus question de faire son cirque. Les formules chocs, on les avait prises en pleine figure, et ça ne faisait plus rire personne. Alors qu'ils avaient individuellement jusque-là tiré à eux la couverture, les avocats se serraient maintenant tous les coudes pour avoir une chance de gagner.

Perdre était inimaginable, et laisserait sur leur cursus une croix noire indélébile qui ferait chuter leurs honoraires, fuir leur clientèle, et, par-dessus tout, venir la honte et le déshonneur.

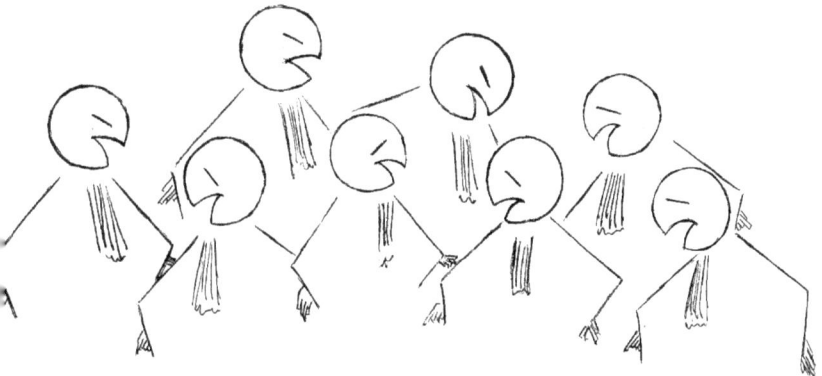

Dans des mimiques ridicules, ils suppliaient presque le jury. Ils avançaient des justifications de débutants, comme s'ils se lançaient dans la dernière bataille, celle du désespoir. Ils faisaient, à l'assistance, la manche d'une approbation. Ils parlaient, parlaient, monopolisant la parole, non pas dans une logorrhée vaniteuse, mais incapables de clôturer avec brio, ils s'enlisaient.

Ils cherchaient en vain, dans une incontinence verbale, la phrase qui termine une plaidoirie mémorable. Et finalement, ils s'asseyaient, piteux, avec l'amère déception de leur œuvre inachevée.

Sur un croquis d'audience, un dessinateur fixa les gens, spectateurs attentifs. L'auditoire, hétérogène et compact, n'avait plus aucune certitude sinon celle de vivre un moment historique. C'était un beau tableau que le portraitiste représenta de ces individus sans opinion !

La salle bondée, curieuse, apparaissait
en fond sur son papier Canson. Le doute
avait ramené le calme dans les gestes
silencieux. Au centre de la feuille, une
seule personne, sur laquelle surgissait
la lumière, et les témoins immobiles du
sacre du petit, autour, en faire-valoir.

Le procureur à son tour prit la parole. Il avait le regard bête, les idées molles, et semblait dans un abattement total. Il ne savait plus s'il fallait convaincre les jurés ou sa propre personne. Les avocats des victimes le regardaient comme le dernier recours d'un procès qui dépassait l'entendement du premier... Et le champion de la nullité pouvait le gagner, le seul de sa vie. Un moustique contre un nid de guêpes. La plume semant la tempête.

Dans son réquisitoire, le ministère public essaya d'inclure de l'indignation.

Il adjura que « l'on ne s'y trompe pas », que les convictions pouvaient valoir preuve. On allait faire quoi ? Tout recommencer ? Aller chercher des empreintes dans le sang disparu pour confirmer les dires ? « Soyons sérieux, mesdames, messieurs ! Que l'on remette ce brigand sur pied pour qu'il puisse dignement aller à la guillotine ! »

On arrivait au bout et on était à bout…, sauf lui. C'était son tour de s'exprimer, et nul sarcasme ne volait plus sur sa personne. On redoutait maintenant les arguments de cet ostrogoth. Il ne pouvait pas s'être métamorphosé comme ça ? Si vite ? Il allait bien se planter ! Se ridiculiser encore une fois, une dernière ! C'était presque une supplique que l'on se faisait. Un espoir, il restait un espoir.

Il s'était levé. Enfin... on le supposait, car le géant était toujours invisible pour la plus grande partie des spectateurs. Il attendit un silence parfait, ménagea son effet et se lança. D'une voix forte mais calme, qui résonna dans le silence des souffles que l'on retenait, il dénonça :

« Vous me demandez de plaider ! Mais plaider quoi ? Il n'y a rien dans ce dossier, et nous avons pu en avoir la preuve tout au long de son examen.

Au vu des pièces, on ne devrait même pas être ici à discuter dans le vide. Votre accusation est bien mal construite, chers confrères ! Vous le désirez, ce châtiment terrible, vous en avez obtenu le plébiscite, cela ne le rend pas légitime. Il y a des règles et des lois qu'il va falloir que vous respectiez, mesdames et messieurs les jurés, si vous ne voulez pas vous transformer vous-mêmes en assassins. C'est pourquoi vous allez l'acquitter sur le champ. » Il se rassit.

Sa plaidoirie, la plus courte de toute l'histoire juridique, fut applaudie par la foule versatile, bien plus longtemps qu'elle ne dura.

Les preuves ! On avait oublié les preuves comme on oublie les gosses sur l'aire d'autoroute, persuadés qu'ils sont avec nous, et parce qu'il est impensable qu'il en soit autrement.

Mais il n'était plus possible de faire demi-tour, et l'on était devant la justice comme devant le gendarme à qui l'on essaye d'expliquer, penaud, cet oubli impossible. Il voudrait bien comprendre, le gendarme..., cette absence à l'arrière, sur les dossiers, ce silence qui devrait résonner quand on pose des questions sans réponse. La consternation, voilà, on était consternés, car les gosses on allait les récupérer, mais les preuves, c'était trop tard.

On se retira. Dans la salle de délibération, on se regardait. Ceux qui n'avaient pas de doute n'avaient pas ces foutues preuves, et sans ça, c'était compliqué. L'intime conviction, d'accord ! Cependant, en leur âme et conscience, il était plus difficile de trancher une décision qui, en suivant, trancherait un homme. Les discussions tournèrent court. Tout le monde avait envie de sortir de cette pièce exiguë, d'aller aux toilettes.

Ils n'étaient pas là pour assumer l'amateurisme des enquêteurs et la soif de vengeance des partisans de la veuve.

Le temps de la réflexion qui leur fut nécessaire pour se mettre d'accord sur le sort de l'accusé ne dura que trente minutes, tout au plus.

« Acquitté ! »

Le verdict venait de tomber.
Les plaideurs perdants étaient
complètement atomisés. Ils
venaient de chuter du haut de
leur prétention, et ça faisait mal.

La pression accumulée dans la cocotte-minute qu'était devenu le prétoire explosa sous le feu des questions qui restaient sans réponse. On le fit évacuer manu militari pour que partisans et adversaires puissent disserter de tout ça dehors, à coups de torgnoles, beignes, gifles, mandales, calottes, baffes, tartes ou claques, suivant les préférences.

Sortirent, à leur tour, les familles. Une partie sur des brancards, d'autres à coups de matraque, car la furie des déçus les amenait à vouloir faire soudain une reconstitution des meurtres sur les personnes de leurs défenseurs penauds, aussi chers qu'incapables.

Le vainqueur, lui, stoïque, était protégé par une ceinture de photographes qui le mitraillaient.

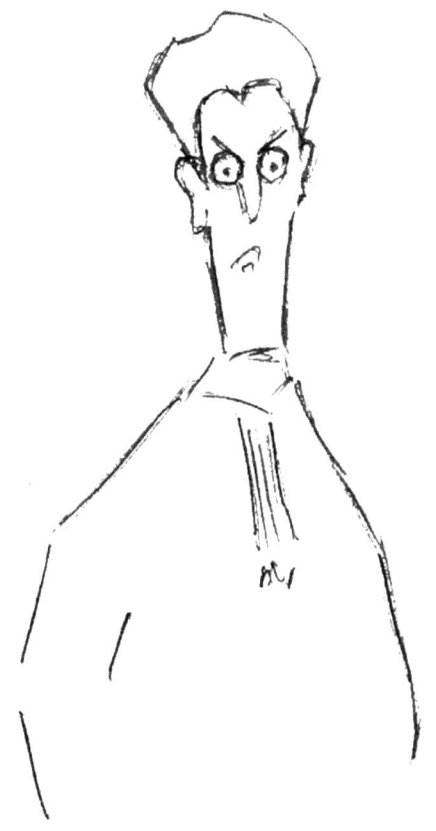

Pendant dix minutes, il resta tranquille, joua la star modeste dans la salle d'audience. De l'être jadis cramé jaillissait le phénix. Cependant, il ne rayonnait pas..., il n'y a pas de soleil en enfer.

Cela prit du temps, néanmoins, on réussit à faire revenir le calme. On avait éparpillé tout ce beau monde comme le meurtrier avait éparpillé ses victimes, sans tact, ni état d'âme.

À présent, seul sur son banc, la salle complètement vide, l'ancien rejeté se sentait pour la première fois de sa vie professionnelle à sa place. Sans comparaison physique possible, il se voyait géant dans cette pièce où la solennité écrase les non-initiés. L'amateur avait fait place, en un seul procès, à un maître... immense.

XVI

Le téléphone qui se mit à sonner dans sa poche vint lui rappeler que l'épilogue était là. C'était la fin d'une histoire qui s'était jouée comme un spectacle, une tragi-comédie à rebondissements. L'interlocuteur, qui patientait avant que lui ne se décide à répondre, devait être si nerveux qu'il en rendait la sonnerie comme agressive.

À ce son particulier, l'avocat savait qui voulait le joindre..., à moins que, inversement, sachant pertinemment qui le désirait, il imaginait seul ce tintement particulier. Encore deux, trois sonneries, et autant de pensées qui l'assaillaient, il vivait le crépuscule de sa carrière.

C'était un mélange de plaisir, de nostalgie et de regret. Il devait tout de même y mettre un terme, et pour cela, il lui suffisait de décrocher. C'était là la dernière phase du dernier acte, avant qu'il ne quitte la scène définitivement. La suite n'était plus de son ressort. Il fixa les images dans un sirop qui coula dans son esprit, imprégnant bien sa mémoire pour des délectations futures.

Dans une jouissive lenteur, il prit l'appel comme on prend un dernier verre avant l'abstinence, comme on jette un dernier regard sur la maison que l'on quitte, comme on sort de la scène une fois le rideau tombé.

Au bout du téléphone : le président. Un souffle glacial dans la conversation raidit les deux interlocuteurs. Les paroles succinctes qui furent échangées n'avaient pour but que de s'assurer de la suite du contrat. L'appelant entendait bien, puisque son adversaire venait de gagner la dernière manche, que lui soit comme convenu laissée la prochaine.

Et, comme il n'avait nullement été question qu'il en soit autrement, le fier-à-bras lui confirma sa promesse. Le tout-impuissant raccrocha sans précipitation, juste avec la haine de ceux qui voudraient vous étrangler, mais qui n'ont pas les bras assez longs.

Quant à celui qui pouvait désormais porter fièrement le titre d'avocat, on pouvait considérer que s'en était fini ; il avait fait son boulot... bien. Car n'est-il pas dans l'ADN d'un juriste de s'assurer que son client soit correctement jugé ?

Le mal est aisé, mais le condamner exige des honnêtes gens de la responsabilité et de la rigueur. On avait suivi le chemin facile qui mène à la guillotine en piétinant l'essentiel : la justice que l'on doit à la morale. Puisque l'on se voulait du bon côté, on ne pouvait enfreindre le droit. L'arrogance avait aveuglé ce beau monde et l'avait fourvoyé dans un procès d'abord tronqué, puis dans une justice qui, faisant normalement son travail, laissait s'échapper l'inconcevable.

Lui n'avait plus rien à prouver. Il n'avait plus qu'à disparaître sur le seul succès de sa vie, avec à son bilan une multitude de condamnations d'innocents et la relaxe d'un tueur fou. Néanmoins, loin d'être amer, il ne pouvait que constater que la justice avait été rendue comme elle devait l'être, sans parti pris, sans pression, et en s'appuyant sur des siècles de rédactions de textes.

Il sombrait peu à peu, à son tour, dans la vanité qui l'avait épargné de par sa carrière parsemée d'échecs.

Mais, avec la conscience tranquille de sa promesse, il pouvait disparaître.

Il se leva et ajusta sa toge dans un geste ample, grand. Il sortit et se dirigea vers la salle des pas perdus aux colonnes froides. Le tribunal évacué, elle était entièrement déserte, silencieuse. Il la traversa, droit. Ses pas claquaient et résonnaient dans le vide.

Une ombre immense, fantomatique, caressait derrière lui les murs de marbre. Rendu au bout, il disparut. Il laissait là une part de son âme hanter les lieux, comme ces bustes qui, dans l'indifférence totale, regardent passer l'histoire.

Le président silencieux, dans une apoplexie mentale, sans lever le museau, donna ses ordres d'un simple signe de la main. Deux colosses froids qui se tenaient là partirent immédiatement.

Peu après, le mal foutu, qui attendait aussi le verdict, vit les émissaires entrer dans sa chambre. Son état s'était amélioré, et, finalement, il ne savait pas quel sort il se souhaitait. Lors de son premier jugement, la sentence était courue d'avance, et il l'avait acceptée comme la suite logique d'une vie passée à enlever celle des autres.

Seulement là, dans la douceur de cette chambre d'hôpital, la lame de la guillotine lui semblait bien froide, glaçant son sang dans ses cauchemars. Il était fébrile, sachant que, dans tous les cas, sa vie était derrière des barreaux, ceux d'une prison ou de sa folie.

Son regard allait d'un costard à l'autre, sans que ses questions ne trouvent de réponse. Les sinistres bonshommes ne sortaient pas de leur silence. Qu'en était-il du verdict ? Pourquoi on ne lui disait rien ?

L'incurable s'agita devant les deux suppôts. Dans ses yeux, l'inquiétude se faisait grandissante.

L'un des mandataires s'approcha plus près, se pencha sur lui avec un rictus supérieur, en maître de la situation. On aurait dit qu'il allait lui murmurer quelque chose à l'oreille…, mais il ne dit rien. D'un geste soudain, sa main énorme se posa sur la bouche et le nez de l'acquitté, le faisant taire définitivement, tout en exauçant son vœu de ne plus jamais souffrir.

Alors, le mercenaire resté sans broncher en retrait s'adressa au corps inerte qui semblait le fixer de ses yeux encore ouverts :

« Ah oui ! pardon, on a oublié de vous préciser, mais maintenant vous le savez, justice a été rendue. »

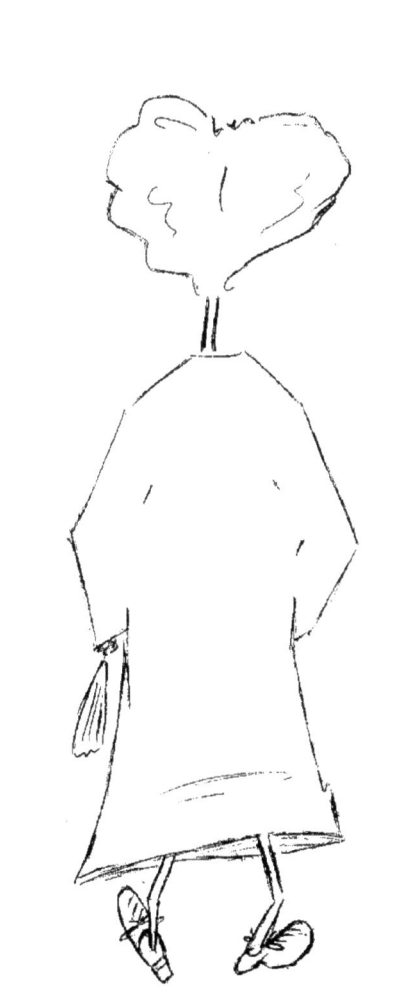